梁王山看云

赵丽兰 著

长江出版传媒
长江文艺出版社

赵丽兰

云南澄江人。中国作家协会会员。诗人、散文家。作品见《人民文学》《诗刊》《大家》《星星》《雨花》《滇池》《边疆文学》《长江文艺》等。出版散文《月间事》《云端屏边》。

序《梁王山看云》

雷平阳

有一次在阳宗镇看关索戏。几个民间艺人草草地化妆一下，兴致勃勃地进入故事，在小庙的大殿上，分别代表着不同的死去人物，对着我们大倒苦水或以死人的身份训诫我们——那一刻，我似乎真正地悟到了云南民间戏剧的艺术目的：表演与呈现并不是为了让某个故事或传说趋于完美、经典化，而是借这一场场必须发生在庙堂里的演出，痛心疾首地向人们传达某种古老的道理和道德。

阳宗镇是赵丽兰出生、长大的地方，风尘、古柏的阴影，道路尽头的墙壁，草蔬共用的丘陵，没有向人们提供异样的生活信息，但又让人觉得它们不在现实中，而是出自某束光影，是含糊不清却又义正词严的某段唱词引渡而来的实物，有着月亮和因月亮生发出来的虚拟故事的双重品质。我看过一份史料，阳宗镇周边地区乃是古代云南屯兵的场所，穿着金属铠甲的司晨者和异乡人，曾经在这儿哐啷哐啷地活着，同时又压低了嗓门漶漫无边地唱咏一曲曲北方戏，戈声与歌声一如面具和面具下面的人脸互为象征——而那多达几百座的军中寺庙，其告求与戏演的功能也就愈发显得声势浩大，而且透出晨光与夕照同在的魅人气象。现实之于诗人的作用，往往是将诗人从现实中拣选出来，赋予他虚无的使命。记忆或说历史，乃至现实中的某些时间的苍老面容，则会将他安插在幻象与事物之间，催促他找出命运似是而非的真相、美学的宿主和道法的虚幻。这种捕风捉影的游戏本来只是旷野上众多不需要结局的游戏之一，但由于文字的介入和书写而变成了幻灭者的精神画像。所以当赵丽兰在这样的场域中与文字遇见，她的写作无疑也就天生具有一种虚实错乱、无意于实相呈现的特征——发现与发明在她的文字中不是直指某物、某心、某神，而是基于此幻、此观、此思。事物之名、之理、之类，表象上的真切其实也只是为了洞悉人们遗忘的本性。所谓精神，并没有多少人敢于面对它的纸做的锋刃。

《梁王山看云》，云生则语言生，云逝则语言逝。我们所见的无疑是语言的幻觉，一如面前站着一个戏台子上下来的君子，一张花脸，大声告诉我们时间的秘密。

2022年秋，于昆明

野樱花和她的生死场

蔡 丽

读赵丽兰的诗,仿佛她就坐在对面,不紧不慢地和我闲聊。自由节制,坦白开阔,没有遮掩,也不拖泥带水。文字和人,始终如一地保持真诚、温婉、包容。锋芒,也始终藏在平白淡然的文字内部,不说出来,便一直藏着。反正,她也不急,也无须将锋芒展露出来。

赵丽兰的身上有一种内在的气质:相当程度的笃定、赤裸、对个人经验和生命感知的敏锐和忠实、坦诚中自有性灵的锋芒和柔软交织……是的,我进一步深入地观察、认识她时,就越加感知到她身上作为一个女人的时代属性和大地生存的基础属性。诚如她在一个随笔里谈到的:"像一轮明月,落入荒草,气定神闲,却又掩饰不住遍体的光华。对世事不以为然,却又不想显得太超凡脱俗。太俗,便写不出诗。只做一个空心的泥胎,也没有意义。不过是做个样子,在心的旷野上,建一座小庙,给神看。人就是人,永远不可能成为神。"

她存在于尘世与脱俗之间的界面,存在于日常。这个样子,就是人的样子,也便是她诗的样子。

她的诗,来自世俗的烟火人间,却又不单单只是眼睛看到的人间烟火的样子。她用她独有的方式解构日常，超越日常。她打破常规的逻辑叙事及庸常的判断方式，获得意外的惊喜。那些关于他人的无意义，甚至危险、野蛮、俗常的日常经验，在她的诗中，获得不期然而然的美和意义。冷静客观的叙述，行云流水，不着痕迹。白开水煮白菜，却喝出鸡汤的味。

八十年代以来的云南文学，以诗歌成就最高，这是有目共睹的。一大批优秀的诗人，创造了云南当下诗歌的繁荣，在全国，也已经是一个突出的文学现象。云南的诗歌创作中，每个诗人固然都有自己突出的风格，但就整体而言，高原多样态的人文地理、各少数民族丰富多彩的生活历史和民族文化，是云南的诗人赖以生存的共同诗歌故乡。云南的诗人往往通过自身独特的高原生存体验来传递诗人对时代文明大主题的思考。这类似于拉美的作家利用自身独特的生存经验挑战欧洲为主导的文明及价值思考。所以，云南的诗歌在全国，是一个创作强劲而又相当具有陌生、独特审美气质的地方性诗歌现象。

有了繁荣，如何继续前进，这是一个地方的难题。赵丽兰的诗歌，非常令人欣慰。她的诗歌，既关涉云南诗歌当下"山野"故乡的主导气质，又是纯然女性立场，属于鲜明而珍贵的女性经验写作。

收录在《梁王山看云》里的诗，我看了一下时间，这些诗，早的写于2008年的，晚的写于2022年中秋，其间相距十年之多。显然，丽兰并没有计划性地在写诗。她的写作是自然而然的、随笔式的。她在无心挂碍地积攒家底。她的诗歌就自然而然地植根于她的生存之地：澄江一带的山山水水。村庄野地、民族风情、人与自然，曾经在云南当代文学的写作中被有意地凸显，以某种奇异独特的品质彰显于当代文坛。而到了八十年代以来云南的写作这里，本土意识的一个特征恰恰是沉入大地、传递个人与大地的自然形态——那些曾经猎奇的、带着某种炫示的写作已转变为质朴而谦逊的生命栖居在此处的写作。再美的山水都是家常。赵丽兰的诗歌是和一方大地、山野紧紧缠绕在一起的，唇齿相依的。但是，我们看到，赵丽兰的诗歌俭省到了极点，自然地不去形容、不去渲染、不去寻找彰显某种精神的旗帜。她的俭省到极点而又鲜灵生动、陌生感十足的诗意表达，呈现的是纯粹的生存本质：活在山野，呼吸在水面。

另一个层面，赵丽兰的诗歌可以说，是一部个人的、女性的生命史，生命的呼喊与耳语。个体以诗呈现的影像志，性与爱的荒歌和挽歌。我一边阅读一边停下来沉思的时候，脑子里蹦出这些句子。在诗的界面，她是如此诚恳、坦荡、赤裸。她把自己彻底地交给了语言，几乎是彻底地裸露在诗的庙堂。而在她的写作里，毫不回避地说，身体、爱，占据核心要义。我看过她没有收录到这部诗集里的另外一些诗——她在后记里说，十几年间，写了的不只收录于此书的诗，剩下的那些，它们是另外一个"山水"，是另外一种存在的方式。我在她另外的"山水"里，看到决然、凛冽、对抗，拼了命去爱，甚至是撕裂。叙利亚诗人阿多尼斯说，世界让我遍体鳞伤，伤口处长出的却是翅膀。2013年第11期《滇池》诗专栏，刊载了她的组诗《胎记》，在访谈中，她说，对于诗歌，对于温暖、善良还有爱，她始终坚信，只要有生命存在，诗歌就会存在，温暖、善良还有爱，就会存在，伤口处一定会长出一双翅膀。这样的回馈，显然，有了趋于上升的样式。赵丽兰有一种强韧、丰富、淳朴、亲切的个性。人生的经历如此丰富而满蕴痛苦，在世和超脱最终却能和谐地统一，并呈现为超然之下的果决反叛，这对一个女性来说，必须得有开阔的容纳之心，而她，做到了。在《梁王山看云》里，我看到是的一个生机勃勃、淡定自如的她。这个华丽的转身，是蚌病成珠的过程。从女性的立场来说，这样的写作，于她而言，是革命性的，里程碑式的。

她几乎把一个女人的矛盾统一的诸层次都写了出来：山野的精灵般轻灵、阔野、可爱，大地的母亲般淳朴、悲哀、结实，作为个体生命的自在、飘荡、孤独，作为儿女、妻子、母亲身份的自在、担当。在爱的层面，她反复地碾压身体的感觉，吟咏爱的种种繁复和幽微。而同时，她的目光又如此包容、阔大，仿佛是一个飘升到星空的无挂碍的女神，用爱和美的双目凝视着人间事。

她最触发我思考的，是以己之纯然肉身，以几乎判断笃定的、无修饰的话语表达方式，建立了一个女人在人世间的各种生命体验中拯救沉沦、出离苦难、超越痛苦的"生机勃勃"的生命体态。比如她的叛逆而轻盈:"野花无主,开得旁若无人。我愿意 湖边的一座寺庙,也是野的。"这种表达,你说不清她是一种笃定的沉静,还是一种经受惯了、已然辽阔的蔑视。她对普在生命之生死、喜悲、明暗和谐的体察:"他在废墟里种瓜。他喜欢的秋天 是藤蔓爬上野火未烧尽的棺木。"这样的体察,需要多么大的慈悲和爱意!她有时淡定地冒出的彪悍,完全吓你一跳:"需要一只母老虎,与之较量 它在梦里,仰天长啸 目空一切。它一定是只母老虎"。然而,回到田间地头、屋宇低檐,她又是那么一个善的坚韧柔软的女人、大地的诚实的母亲和孩子:"风,划开我的肚子。疼,一跳一跳 医生吼,没有胎音了 使力 使力 使力……孩子,踢妈妈一脚,踢啊 要像一头顽皮的小豹子 奔跑,歌唱,撒野"。经历过生产的大难的女人,都明白这种建立在死亡边缘的、无我的希望。而面对至亲,作为一个孙女的那种疼痛,是怎样地脆弱颤抖:"老爹,游荡四野的风都停下了 多么安静啊 我给你点烟的时候,烫着了指尖 活着,是横插在身体里的一把刀 动一动,就要流出血"……

丽兰的生命之诗、体验之诗,使我想起萧红,想起现代以来女性写作所呈现的为自由、为自主的呐喊和抗争。而在整个面向二十一世纪的人文思潮中,如果说,革命,仍然是一个关键词,那么,从神话人类学、心理学的层面牵引女神文明的传统，来补充或者消解男权社会带来的专制文明，则是二十一世纪社会文明的重要命题；从尊重自然的存在形态入手，以生态的多元和谐的角度消解人的中心主义，是二十一世纪社会发展的物质形态的重要命题；从尊重生命本源、灵与肉皆出发又统一于一个生命体的角度，以尊重身体感觉、欲望和意志的书写去对抗商品物质和技术理性对人的异化，显然，是二十一世纪个体存在的重要命题。因此，我说，丽兰的书写，于她而言，是革命式的，具有里程碑意义的。希望她坚持。

赵丽兰诗里的山水，狭义地理解，是梁王山、帽天山、孤山、抚仙湖……但是，在她的诗里，她超越了地域的限定，呈现出开阔的气象。她关注的是山水间的那个渺小的"人"，是一个运动的、变化的、交错的时空。可以拆毁，可以建立。不难看出，她有着更大的野心。

这似乎还不够，她的心里，还住着一头金黄的野兽，彪悍、坚韧中却又透出活泼、自由和旷达，很东方却又有一点点野。这似乎是有别于女性经验的。当下，一个新的性别观时代已然到来，女性和男性的精神特质，并不是楚河汉界般泾渭分明。新的性别观时代，女性具备了更高层面的觉醒，这一点，丽兰也是值得期待的。

上个星期跟朋友去昆明附近山上取水烧茶，一回头，发现两座寺庙之间的半山上，立了一尊观音像。丽兰的诗歌，那么多的山，梁王山、尖山、孤山……以及澄江、抚仙湖……我跟丽兰一直在说，我要去你的地盘看一看，爬一爬你爬过的山，涉一涉你蹚过的水，在你的人间，走一走。在我的想象中，她就是那一方山水活着的女神、神庙的祭司。

感谢丽兰的信任。

是为序。

蔡丽于云大映秋院

二〇二二年十月二十五日

目录

第一辑 山中有白云

梁王山看云 003
过万马河抵金沙江 004
梁王山的鹅卵石 005
在羊岔街南溪老林 006
野生的美好 007
野樱花 008
清明·飞来寺躲雨 009
翠竹庵·遇小谷雀 010
蓝 011
老虎山摘茶 012
在梁王山 013
好酒而已 014
在团瓢 015
讲故事的人 016

017 从抚仙湖到承安镇
018 在蒙泉或洗钵池
019 空房子
020 净莲寺
021 江边
022 龙王寺
023 在盈江路
024 找姑鸟
025 一匹马站在雨中
026 丁酉中秋·访阮永骞前辈
027 霜降第八日·登笔架山
028 哀牢山闲坐
029 半个月亮
030 梁王山的牛
031 朗月同孤
032 访墙上开门的人家
033 闲人莫进

蓼草 034
影像 035
舍得草场 036
天鹅湖 037
此地甚好 038
露营 039
摆龙湖 040
遇到一条蛇 041
望着路，不想走 042
问山水 043
万松寺 044
傩的秘密 045
波斯菊 046
勐焕大金塔 047
献祭 048
玫瑰园 049
泼水者 050
卖黄瓜的小男孩 051
问路 052
旅馆 053
摘马桑 054
七月七日·过哀牢山 055
山野 056
梅葛 057

058 一条狗
059 在途中
067 等雪来埋我
068 发芽
069 失孤

第二辑 美人瘦

073 梦里观虎
074 省下一点力气
075 在碧色寨
076 过年
077 美人瘦
078 今日立春
079 素馨花
080 三月·在圣爱中医馆
081 这会儿
082 后脑勺
083 十月·在官渡古镇
084 甜
085 立春日·说晚安
086 服妖
087 余生
088 暮色落在脸上

胭脂沾染了灰 089
去山顶看梨花 090
躲雨 091
田埂 092
轩、旷野或其他 093
空山不见人 094
宽恕 095
拱拱手 096
春天是要怀孕的 097
七夕 098
给我风 099
你会在云朵下喊啊喊 100
等天亮了，我们再说话 101
大荒 102
踩踩影子肚子疼 103
抹黑脸 104
我说，喝 105
人间美妙 106
忽地笑 107
十月 109
背景 110
理由 111
鬼针草 112

113 风吹哪页，读哪页
114 骨头太轻了
115 风，来来回回地吹
116 心疾
117 听，起风了
118 突然轻了
119 老去
120 酚氨咖敏片
121 无患子
122 鬼
123 肖像画
124 白骨和白发
125 云舒山房·寒舍
126 无处安放
127 GZ 酒吧
128 姐姐
129 一种酸汤的酸
130 徐家渡印象
131 白一次头，就够了
132 春天有多种可能
133 酒石酸美托洛尔
134 胎记
135 家乐福

第三辑　与亲书

喜丧 139
空坟 141
阳宗镇·我的衣胞之地 142
冬至·去深山看你 143
被访者说 144
掼烂碗花 145
雪地 146
与子书 147
冬至·去上坟 148
母亲 149
穿过斑马线 150
白酒果 151
从白血病到脑膜炎 152
产床、婚床和墓床 154
203 病房 156
我是你前世的小情人 158
陪你唱一段京剧 160
第十二胸椎 162
且带酒来 164
酒是你喜欢的 166

168 新鲜的身体
169 明珠路上的周师傅
171 早点摊
173 天蓝到十月便不蓝了
175 交换
177 你是我身上掉下的一坨肉
178 小野菊
179 白
181 抱抱
182 1985 年的桌子
184 父亲的手扶拖拉机
185 热乎乎的
186 神灵也是要喝酒的
187 抱紧一罐酒

第四辑　草木间

191 七十二物候
227 稻草人
235 时辰记

239 后记

第一辑

山中有白云

梁王山看云

在老君殿，守山人，追着云朵跑
大黄狗，尾在身后。有几朵云
被风，吹到了一起

天上人间，我着迷于他们
抱在一起的样子。时而认真
时而潦草。那些被放生的
牛羊和马匹，也是

云朵下，许多的美，正在发生
守山人和他的狗，一边跑，一边
咿咿呀呀，唱大悲咒
南无喝啰怛那哆啰夜耶。抬头
闲云已随清风去

2017 年 11 月 16 日

过万马河抵金沙江

过万马河。突然而至的悲悯,那么小
那么小。仿佛河床上行走的那个人
走着走着,就变成了乱石中的
一个小黑点

2017 年 4 月 4 日

梁王山的鹅卵石

在梁王山,可观四海
抚仙湖、星云湖、滇池、阳宗海
2820米的高处,还有一条河
那些来梁王山看云的人,爱上了
河里的鹅卵石

山中,遇到一个护林员,向我询问
可否,遇到了他山下的亲人
在一块鹅卵石上,画一朵云
告诉他,山下的人间
有他的亲人、爱人、陌路人
还有草木间的稻草人

2022年9月10日

在羊岔街南溪老林

跳起来,摘野核桃和酸多依
在山上,每走一步,都是
欢喜。翻开草木,会挖出鸡㙡
枯叶里长出小蓝菌,只为
让一只蚂蚁缓慢爬过
路遇好客之人,递来几个
刚从树上摘下的柿子。临别
互道欢喜,允许再次
山中相遇。挨着一群牛
坐下。你突然挥手,赶走
落在我锁骨上的牛虻。想到那些
各自的忙碌,我们停止了
嬉笑。竖直了耳朵
听满山蝉鸣

2022 年 9 月 10 日

野生的美好

要在光的照耀下,才看得到影子
我的影子,有一点点悲伤
悲伤,是人世间,野生的美好

我钻进草窠,猫着腰。怕被光照耀
怕这摇曳的美好,冒犯了
那些正在掉落的小果子

草的深处,盛开着朵朵小花。野姑娘一样
它的影子也是。光,不敢在它的花瓣上
多一会儿,停留

2017 年 7 月 25 日

野樱花

怎么爱,它都落了一地。怎么爱
流水都要将它带走几瓣。这冬日的野樱花
怎么说,都是野的。落在庙堂
还是野的

风,吹一吹,它会开花。风,吹一吹
它会落下。它落到哪里,哪里就好看起来
有时,它会落在一只野猫的身上。它
也跟着它,好看起来

2017 年 1 月 11 日

清明·飞来寺躲雨

寺门前躲雨。荒草，刚刚够淹没我们的红布鞋
靠着寺墙，说一些人间事，说某个恸哭的男人
或女人。我们还说起庄子，吾将曳尾于涂中

刚说到寺门上的一把锁，母亲喊我们回家吃饭了
母亲烧涨了水，等我们挖回野菜下锅。寺槛上的篮子
空着。雨后的天空，剩一道彩虹

2016 年 4 月 8 日

翠竹庵·遇小谷雀

每走一步,小猫草就弄痒我一下
过翠竹庵,敲门,讨一口水喝。门环轻响
我不渴。我只是爱上了院墙里的草

一只小谷雀,对着天空,啄了几下。随即
一拍翅膀,落进了院墙里。它爱着这人间
爱得,安静从容。爱得
不着痕迹

2016 年 4 月 10 日

蓝

每次去飞来寺上香,她都要数一数
寺门前的石磴。她想,最高的那一磴
她爬不上去

站在石磴上,她往下,看了看山下的村庄
有几家的烟囱里,冒着好看的青烟
人间的烟火,飘着飘着,就和天空一样蓝
飞来寺最高的那磴石磴,抬头望的时候
也是蓝的

2016 年 5 月 3 日

老虎山摘茶

时令已过,明前茶,是摘不到了
好在,摘茶的人,来年
还会是这几个。谁又能
说得清呢。老虎山摘茶
就只是,坐在茶树下
说了一会话,嚼了几片茶叶
茶树下,睡着了
几分钟

2021 年 4 月 12 日

在梁王山

和它们玩耍,它们跳起来,前爪差点
摸到了我的心。梁王山的风
凉得要命,也清澈得要命
2820米的海拔,守转播台的人
冷了,喝一碗酒,或撞身
取一下暖。你敬我一杯,我挤你一下
三条狗也是,它们摇着尾巴
对陌生人表达欢迎,啃着啃着骨头
突然,抬头看向人群。2017年
梁王山看云,一条狗一直跟在身后
偶尔,会跑过来
撞一下我们的脚

2021年4月18日

好酒而已

一群人在山野吃酒
一直到繁星满天
我说,每一个喝酒的人
都是一个孤独的人
有人哈哈大笑,说
他有青山和明月。这样说时
他骗了人,还骗了
青山和明月。喝酒
就不谈孤独。我错了
他也错了。明月下
清风间,不过是
好酒而已

2022 年 1 月 24 日

在团瓢

在梁王山团瓢护林点
罗小三养的蜜蜂,采百花
酿成药蜜。他每天的工作
无非是巡山。神赐的大自然
奖赏给一个护林员最好的礼物
就是每天爬到高处
看一眼澄江坝子。山下的人
来买蜜,他和买蜜人
分享山中趣事,比如
他养的蜜蜂,什么花都采
唯独不采蒿芝花。比如
刀尖上舔蜜,有人试了一下
还很甜。有一次,他和买蜜人
说起抚仙湖的水
那天的天空,蓝得让人
不敢弄脏自己

2022 年 2 月 2 日

讲故事的人

在菜花坪,老木聪喝醉了
睡在一棵梨树下,旁边埋着
他的老祖。他给老祖讲故事
说他读过一本书,书上说
以前,一生只够爱一个人
老祖说,以前啊?以前
一个人骑马,在梁王山中走
有时,会遇到两只打架的箐鸡
梁王山中,打架的还有沐英和梁王
老木聪说,这算什么
他目睹过一场春雨中,有人
拿右手和左手打赌。右手说
那天的雨,会一直下
左手说,不会。结果
雨一直下,他在一场春雨中
大碗喝酒。梁王山中
他是一个护林员,也是
赌神和酒神。一起风
就心慌。一落雨
就醉掉

2022年2月2日

从抚仙湖到承安镇

一条路,在高德地图上
如果自驾,5月26日16:45启程
5月27日23:15抵达。途经
76个服务区,69个加油站,还应该
经过一片野杏林。你知道的
野杏树结出的果,又美又苦
可是,你眷顾了它们
从承安镇到抚仙湖,如果步行
2387公里的路程,需要79.57天
在古代,清风与明月同行
还有一个杜甫。你不知道
野杏子落在你的背上
是怎样的美。不信
可以去问一下杜甫

2021年5月26日

在蒙泉或洗钵池

文庙里有蒙泉,秀山上有洗钵池
舀一瓢洗钵池的水,洗了洗手
山脚下,和几个顽皮的孩子
玩了一会小仓鼠。小仓鼠的爪子
沾着些潮湿的泥巴
弄痒了我的掌心

蒙泉聊息驾,可以洗君心
爬到半山,随地,坐了一会
有些灰尘,没怎么洗,就不在了
清凉台上,缅桂花开得
像个热闹又清澈的
女子

2021 年 7 月 11 日

空房子

山中,一所房子,空着
清风,可以进来。明月,可以进来
山神,可以进来。那个守山的人
如果想回人间看看。门,没关

他在春天种下的洋芋,秋天,挖走了
空出来的地,风吹吹,洋芋
又开花了

2017年1月4日

净莲寺

村子搬走了,寺还在。净莲寺
这么好听的寺名,让它周边的人和事
也跟着软和起来

那个去地里掐奶浆菜的女子,宽大的红围巾
顶在头上。让她看上去,比平日
又俏了一点点

2017 年 1 月 31 日

江　边

昨夜，江边喝酒。有人空坐
无言。眼睛里一闪一闪的小光芒
让人想把他当作一个孩子。这无来由的
美好。闲花一样
无风自落

2017 年 4 月 8 日

龙王寺

野花无主,开得旁若无人。我愿意
湖边的一座寺庙,也是野的
你从寺里出来,回转身,让我也进去
磕个头。我一身人间烟火味
不知,可否跪得

月下种花。你可以随时回来
可以不用说你来过。舀一瓢湖水
浇浇偏坡上的蓝花鼠尾草。进寺
摸摸那些泥塑的老爷爷,就好

2017 年 4 月 11 日

在盈江路

在盈江路，几只麻雀，欢快地啄食
掉在地上的饭粒。仿佛从未有过惊吓
从未有过悲伤。它们让我相信，人间事
这个样子，就很好了

今天比昨天美好。从盈江路出来
就到白云路了。我不想得到什么
你看，一阵大风过后，那对拥抱的恋人
还在，还抱着

2017 年 4 月 22 日

找姑鸟

它一直在后山叫,找姑,找姑……
把吃剩的半碗饭撒在空地上,等它来
这让人心慌的鸣叫,差点让我
成为人间多余的那个人

这之前,我偷吃树上的小李子
还偷了一枝美女樱,泡在漱口的玻璃杯里
找姑鸟叫一声,它就落一瓣
十几天,落了一桌子的红

2017 年 5 月 26 日

一匹马站在雨中

一匹马站在雨中。一匹马的身上
披着一块塑料油布。这个早晨,站在雨中的
还有一堆草

一匹马站在雨中。一匹马抬头,看见
一个人,弯着腰,在雨中,在苞谷地里
薅草

2016 年 5 月 8 日

丁酉中秋·访阮永骞前辈

他在废墟里种瓜。他喜欢的秋天
是藤蔓爬上野火未烧尽的棺木
还结出了一个大南瓜。这样的美
仿佛是突然来临的,也仿佛是
一直存在的

这一次,他不再叙述那场大火
只是弯腰,拾起路间的一朵构树花
归于,草木间。秋风不急
土墙上,荒草掩门。侧身
可以出入

2017 年 9 月 26 日

霜降第八日·登笔架山

果子一成熟,就开始不安分
在玉烟亭,等风,吹落一枚果实
它甜啊,甜得我
变成了一颗慌张的糖粒儿

从笔架山下来的人,一身香火味
山上有寺,它离欲望很近
许了个愿,又急急收回
此时,有人甜得孤独。正往山上
赶去。山顶,有一蓬野果。经霜
其味仍涩

2017 年 10 月 31 日

哀牢山闲坐

草木不说话。闲坐于其间
便放下了心。鸟有更大的场域
它甚至懒得多望一眼人间

同行的友人,往返于天上的街市
木姜子、野橄榄、小红参、冰糖橙
热爱生活的人,耽于尘世的美好

遍山的竹子,空着心。浪费了
那么多山水,才换来
云朵一样的轻

2017 年 11 月 9 日

半个月亮

月白风清。他们喝酒,交换黑
或者白。他们还论及,疆域辽阔
看多了月光的白,其余的白
就不叫白

我要的白,让我任性、寡言、不合群
觥筹正酣,我已离席。他们拒绝承认
有一种孤傲,叫举杯邀月
对影成三

2017 年 11 月 10 日

梁王山的牛

梁王山下雪了。母牛领着小牛
在草地上撒欢。一场雪,下得正好
同行的朋友,他们有时
是我的亲人。有时,是我的敌人
这个下午,他们给我风雪,给我
一山坡的牛。他们还给我
草乌、重楼、黄精、丁香和烈酒……
每个人,既是我的毒药
又是我的解药。走进牛群
有人喊,小心,危险
梁王山上,我穿一件红衣裳
一边抵御寒冷,一边挑逗一群牛

2021 年 12 月 28 日

朗月同孤

匾额上的字,水中石一样孤独
岛上有月,照着人间很久了。有寺
传来佛音,命凡尘的人们,慈悲为怀
一间阁楼,空着。可登高
看湖水,一浅再浅。朗月同孤
舍身崖,留给三千壮士

这一日,在孤山。说不清,喜从何来
想找个人,相拥而笑。贪恋尘世的人
泅渡而回吧。心无挂碍,无挂碍
那是说给佛祖听的话。一再被提及的
苦厄,和欢喜等量。有悲有喜
多好的俗世啊。我已经
换了人间,空出手,捧一捧湖水
只为洗一把脸

2017 年 11 月 17 日

访墙上开门的人家

雾锁小箐。此时,他的家,在荒野
推开墓碑,便是。生前,他家的门
开在墙上。走亲串戚,他逢人就说
我找墙上开门那家

今日小雪。他的孙子讨媳妇了
这个嗜酒如命的人,寻着墙上的门
回来贺喜。亲人们说,一个人吃饭有点冷
还是喝点酒吧

有人给他泼水饭,还泼了一口酒
亲朋街坊们,从墙上的门里出出进进
尘世拥挤。他侧身而立,给凡俗的人间
让出一条路

2017 年 11 月 22 日

闲人莫进

过盖板山，山坡上掐青刺尖
得一篮野菜，可沽酒闲谈
风过，无数的叶子落下来。一片
落在一个老人的眉心
像一块疤

路过一间公房。门框上写着
闲人莫进。他们替我说出
村子的细节，以及万物的模样。世间
闲人闲事，都是肉胎贱骨
没有特别坏过，也没有特别好过

2018年4月2日

蓼草

摘一穗蓼草花,别于发髻
有人赞美,有人窃窃
凉风、树木、花草和野兽,都听到了
日头,照美好,也照不美好

这高束的发髻,簪花好看
不簪花也好看。美已各归其位
包括爱与慈悲。遥远的黄金时代
不耕不种,无为而治。草籽
随处可见。一些埋在土里
一些,裸露在外

2018 年 7 月 16 日

影 像

习惯了把镜头下的物像，设置成黑白
在街心，那个被暴打的小偷，双手抱头
蹲在地上。他的嘴角，让我来不及
切换拍摄模式，早已忍不住
流出了红色的血

我举着手机，也跟着他，蹲了下去
仿佛要用，这样的姿势，谅解
镜头下的，一些黑
或者白

2015 年 5 月 17 日

舍得草场

没有人的时候,庄稼和草,是自由的
在舍得草场,我想成为一只羊
山坡上,没有山神庙;神,无处不在
乌鸦,黑得一声不吭

我想告诉那些急急的车子,要慢一点,再慢一点
我的小羊羔,刚刚学会吃草
它低头啃草的样子,那么慢,那么慢
它每啃一嘴,速度,就慢下来一点

2015 年 7 月 12 日

天鹅湖

在天鹅湖,停留了几分钟。我一下子
爱上了一只黑色的,它停在空中
此时,大多的天鹅,在水中。它们爱上了
人间的烟火,或者,水中的鱼

从前,可以在水中,看到鱼。如今,它们混迹于
人间烟火中。某一天,水涸,鱼出
天鹅或者鱼,继续在,人间游荡
我也一样,急急地,想要得到些
什么

2015 年 7 月 12 日

此地甚好

现在,是七月
我看见,属于一朵花的泥土,不见了
天空没有鸟,连苍蝇都没有
和那些倾斜的楼房,比高比大
我显然,又矮又小

那些没有被开垦的土地,只负责生长
野草、野花、野菜。旷野上,除了
野的花、野的草、野的菜,如果还有
葬花人。那么,此地甚好

2015 年 7 月 12 日

露 营

终于睡在了天和地之间。洼地里
一蛙先鸣,其他牛蛙,跟随齐鸣
我是听到了的。但我不说
一些美好,实在没必要,开口说出

翻开一本书。其中的一个句子,将我推给
流水。他用旧的女人,发髻偏挽,眼眸如婴
这是一个良夜呢。拉开帐篷,我看见
一个男人坐在草地上,等人来,将他
用旧

2015 年 7 月 12 日

摆龙湖

等船的时候,望着湖面上的几只水鸟
开了一会小差。船停不下来,水鸟停不下来
我停不下来。刻舟求剑的事,我做过不少
那时,我略施粉黛,内心装着太多的美

下一秒,回不到,上一秒。这一秒
在摆龙湖,我素面清汤,选择,听一两声蝉鸣
看木船远去,看湖水平静

2015 年 7 月 13 日

遇到一条蛇

在一个叫大平地的村子,遇到一条蛇
我回头跑的时候,它也回头跑

如果它追上来,咬我一嘴,我会不会
也反咬它一嘴。一切,皆有可能
只唯愿,人间,最好
相互慈悲着

2015年6月9日

望着路,不想走

为了走更多的路,医生割掉她左胯的肉
去补右胯的伤

这么多年,她说,望着路,不想走
她的左右胯,都烂掉了

……

2015 年 6 月 19 日

问山水

寺庙早课的诵经声传来
低眉,想的不是神
而是一个人。跟随经声
对人间说爱。那么多
慈悲的人和事,像是在最坏的时间
遇到最好的人

那一日,我问山水,你在哪里
山水答,只在此山中,云深不知处
我见山水多妩媚
料山水,见我应如是
感觉神也在爱

2019 年 1 月 7 日

万松寺

施道长递给我一块削好的苹果
拿着吧,你拿着,我会很高兴
众生皆苦,众生皆有求

放眼处,遍惹渔樵耕读来,不能分他们一毫快乐
低头时,便过春夏秋冬去,何曾识自己半点寒温
每次到万松寺,都要念一遍
无非是把学仙童子,从对联里
请出来,说一遍谎

道长递苹果的姿势,让我悲伤
我跪下磕头,他也悲伤
一对鸟,停在屋檐上
渡食

2019 年 5 月 1 日

傩的秘密

拆开"傩"字。鸟在天上,鱼在水里
人在两者之间。让风,送一送流水
让流水,淌走一条鱼
让人,去踩影子

昨天看《水浒传》,哭了
不过是一场雪,林冲就走丢了
今天看《洛书河图》,笑了。再忍一忍
雪,就不会下得那么紧了。

2019年5月6日

波斯菊

九月,波斯菊从寺墙里
开到了寺墙外。可以摘一朵
向空中抛去。可以让它,开到败

有人,从寺门前经过。走出几步
回头,看一眼。此时
他正陌生。此时,寺里寺外
一袖花香

2015年3月9日

勐焕大金塔

顺时针绕塔三圈。不说,不听,不看
怕一不小心,就说出
塔心,是空的

卖念珠的小和尚,应该还是
童男子。一个女子走过去,跟他合影
一个咬着下嘴唇,一个露出小虎牙
童男童女一样

2015 年 11 月 23 日

献 祭

我还没有把自己献祭。那么多的经幡
来路不明。一条河的激情已经耗尽
许多的人,路人甲,或路人乙

在梁王山,弯腰,捡起一块鹅卵石
有人推测,流经这里的水
很长时间,空留鸟虫
各自挂怀

2016 年 5 月 10 日

玫瑰园

一路上,他们都在说荡漾。连一个
十二岁的小姑娘,似乎也明白了些什么
在玫瑰园,我只想,将隐身术
练得,再老到一点

那些玫瑰,把美,给了白霜
把丑,给了甘露。它们的身份
具有可随时逆转的两面性
一会是花,一会是刺

2015 年 7 月 13 日

泼水者

如果有人浑身干燥,请别用水,招惹她
她泛舟,听风,不问世事
她一直想去一个地方,那里应该
荒无人迹。转过身来,她看到的,只有
她自己

逆流而上,没有人,可以喊回她。她像荒丘上的
石头一样,任由风吹。她不需要更多的水,洗掉
那些黑。以及做一个,假的好人,不如做一个
真的坏人。谁能像《皇帝的新装》里的那个孩子,说
　出事物
本身的样子。她就让他,往她身上
泼水

2015 年 7 月 13 日

卖黄瓜的小男孩

他坐在半山坡上,就着一盆炭火
卖烧苞谷、烧豆腐、烧洋芋,还有生黄瓜
他比我上初中的儿子,大一点点
笑起来的时候,有一点
说不清什么的羞涩

山外的街市,有更多的买卖
卖粮食,卖田地,卖坟场
卖酒肆,卖良心
啃黄瓜的时候,想到了瓜藤上的黄瓜花
黄色,小朵,沾一层薄薄的花粉
花瓣上,几颗露珠,有小小的骄傲
约等于,一些说不清的
什么

2015 年 7 月 14 日

问　路

问路，男人听不懂普通话
说一口乡音，答非所问
他裤脚上的泥巴还是新鲜的。谷子田里
有一两声蛙鸣。这个早晨，在丘北县舍得乡
我假装，分不清韭菜和麦子。假装
高速公路是人世间最稀奇的路。假装
弯腰在谷棵里，拔稗子的女人
我从来没喊过她一声妈妈。假装
开手扶拖拉机的男人，是邻家的大爹

多么虚荣啊，这假装。
关于乡音，有人告诉我
她是最高贵的母语。我一次次
放纵内心的虚荣，不肯承认
我的乡亲们，散落在，阳宗镇的
谷子田里，正用乡音，唤我的乳名
喊我回家吃饭

2015 年 7 月 15 日

旅　馆

深夜，旅馆，有婴儿在哭。区别于
另外一些声音，它让我，敞开门，放一两声
进来

黑处有什么？孩子，总有一天，你会习以为常
你会，在水上，写诗。在风里，画画
在禅房，想着还俗。在旅馆
各道各的晚安，各睡各的床

这人间事，像雪覆盖草木
起先，还有一两根刺，露在
外面。最后，这尖锐的部分，也
看不见了

2015 年 7 月 17 日

摘马桑

马桑熟了,抱着树,轻轻一摇
掉落一地。鸟也落下来
啄食地上的果实。它们的喙
被染成了马桑的颜色
我白色的裙子上,也掉落过
几颗熟透了的果实。现在
洗过以后,它们淡成了
几朵好看的小花。不是所有的黑
都要洗掉,这人间
才干净

2022年5月8日

七月七日·过哀牢山

到过哀牢山的人
心里都装着一头麂子
或野猪。有人,对着群山
反复说,天空那么蔚蓝
没有我的思念。他要找的人
骑着一闪而过的白鹇鸟
消失在遍地的蓼草花中
闪电,劈倒一棵树,狂风
吹落云朵。且让我
成为山腹中那头金黄的野兽
祭火台的古堡,一直空着
你若来,我们一起登高
山下的俗世,一抬头
就看到了我们

2022 年 7 月 10 日

山 野

老鸹叫一声,停一会,又叫一声
这动人的山野,还开着一些细碎的小花
有人,穿梭其中,拍照。有那么一会
我担心,他们会撞见鬼

上一次,听到老鸹的叫声。身边的一些人
尚在人世。其中的一个,醉酒,抱着一棵树
大哭。这里的山野,没有坟。他的墓地
在别处

老鸹叫了几声,没回应之物,飞了
拍照的人,也走了。四下张望,青天白日下
只剩下,我和我心中的鬼

2016 年 10 月 28 日

梅 葛

在姚安县马游村,当地的妇女,跳舞,唱梅葛
天神撒下活种子,地王撒下死种子
医疼的药,找得到。医死的药,找不到

一切推心置腹,都是危险的
人间的疼,一些,唱了出来,成为史诗
一些,咽了下去,成为断章

如果有人背着我,去躲疼。我会选择,躲在他的
诗行里。如果有人背着我,去躲死。我会选择
躲在他的经卷里

梅是嘴。葛是古老或过去。这说出来的祖先的历史
这俗世,更多人的嘴巴,唱出的,是一曲酸调
像一只母猫,竖直耳朵,听另一只母猫,在霜痕遍布的
三更天,跳上墙头,对着冷月
叫了几声

2015 年 11 月 26 日

一条狗

雪，落在草谷堆上，铺了薄薄的一层
男人看一眼火塘边的女人、娃娃和一条狗
戴一顶篾帽，出了门

后半夜，草谷堆全白了。女人把一壶酒
温了又温。娃娃睡着了。一条狗
在场院里，来来回回，不停
叫唤

雪，继续落下来。雪，落在一条狗的身上
一会就化了。起先，场院里，除了狗
都是白的。天亮的时候，男人推门回来
他看见，一条狗
也是白的

2016 年 7 月 6 日

在途中

1. 冈仁波齐

你正在进藏的路上。昨天
抵芒康。今夜,宿然乌。明天
达林芝。你告诉我,这一次
你不去冈仁波齐

那么多的人去冈仁波齐。有的洗罪
有的忏悔。有的超脱。有的,什么也不为
你我没罪可洗,你我,也不是什么脱俗之人
留下冈仁波齐,只为,某一天
在途中,遇见

2. 藏香

燃一炷藏香。被点燃的女子一样
味道,有时甜,有时苦
有时,不苦,也不甜

焚香的时候,穿一条长裙。不担心
它易燃,易污,易碎,易招惹是非。怕只怕
熏净根尘。从此,不识
人间况味

3. 唐卡

想用朱砂,画菩萨的笑容。想用后半生
等一幅画。远行的人,一路向西

不要告诉我,今夜,住哪家客栈
海拔太高,我怕缺氧。怕男女混住的大通铺
太硬、太冷、太吵。怕菩萨,晓得太多的
人间事

4. 青稞酒

在拉萨,喝一碗青稞酒,最好醉掉
人间太冷。需要一碗酒,暖暖身子

给一碗酒,取一个名字,要好听,要软和
最好,一喊,便会应一声"嗯"。最好
都是汉子,一饮而尽

5. 藏羚羊

可可西里,等藏羚羊。它们出现的时候
你只想拍一张照片。旷野无边,你爱它们
你还爱,一座孤零零的加油站

守加油站的人,更孤独。这句话,追着我
跑了很远。直到,车子驶出
可可西里无人区

6. 沱沱河

大雪封山,零下6摄氏度
看过太多脏东西的眼睛,雪会刺伤它
人间有雪,你有眼睛。看雪的时候

沱沱河一样，清澈干净

没有雪的日子，你偷偷看过
一个羞涩的女子。她回望你的时候
眼睛里，有一条沱沱河

7. 唐古拉山口

唐古拉山口，海拔 5231 米。人间
需要这样一座山。男人一样
一边让人依赖，一边让人不安

收到微信的时候，如果还偷听到了
内心的独白。人间，证明还有人相信爱

8. 青海湖

最初一次，爱上蓝，是在飞来寺的石槛上
那时，蓝，是一缕炊烟

这些年,又多次爱上蓝。有时,是一片天
有时,是一滴水。有时,是一句话
有时,是一个人

现在,我爱上了青海湖,爱上了
你爱上的蓝

9. 磕长头

他们,三步一叩,五体投地。风吹经幡
裂帛一样。唵嘛呢叭咪吽。忍不住
悲了一下。照片上,摸了摸,你的光光头
忍不住,喜了一下

贴尘土,触额、触口、触胸。你发来的视频
起先,让我心慌。后来,让我心安。忘记了
你许下的愿。空空的,只剩风声

10. 塔尔寺

忽一日,光光头上,长出了发
一路,你都在练习,削发不为僧

塔尔寺的酥油花,有些蒙了灰尘。风起时
吹散了一些。一晃而过,衣袖带走了一些
一路,你也是那个转经人

11. 成都书院

书院里的书,刚刚,被风吹开了一页
刚刚,又被风关上了一页

哦,就在刚刚,还摸了一下
你的光光头。仿若,将一句喜欢的经文
一下吹开,一下合拢

12. 盐湖

原谅糖，不可能颗颗，都是甜的。诚如
原谅药，原谅酒。诚如，原谅你
在盐湖，却未必，是咸的

这些年
盐一样，等着我咸，也是好的
药一样，等着我苦，也是好的
糖一样，等着我甜，也是好的
酒一样，等着我醉，也是好的
……

13. 李庄白肉

那年，你使劲往我碗里搛肉。巴不得我
一嘴吃成一个胖子。甚至想好了
从那时起，唤我胖妞

风一吹,就打失了这么多年
弱不禁风,是一个多么让人想变胖的词语
那就吃块李庄白肉吧。一个有人搛肉的人
羞于弱不禁风

2016 年 10 月 2 日

等雪来埋我

下雪天,站在半山腰,等雪来
埋我。那时,几个朋友,正说着
晚来天欲雪,能饮一杯无

这个春天,一想到那场雪,只埋至我的脚踝
就忽生暖意。仿若雪,落在一个人的体温上
落着落着,雪,也有了体温

2015 年 12 月 18 日

发 芽

供在家堂上的一碗五谷,不小心受潮
一些,生了虫。一些,发了芽
他爱,所有会发芽的事物。比如,紧挨着神龛
长出的这根小豆芽

三年前,他十九岁的儿子,跳楼。泥巴做的坟墓
发出很多芽。这个秋天,一些,长成了草
一些,开成了花。一些,结成了果

2015 年 8 月 18 日

失 孤

他要去找一个左脚上有疤的人
他要去找一座吊桥，一丛竹子，一个梳着
一条大辫子的女人

此处，房门虚掩，儿孙绕膝。失孤者，不在此处
此处，阳光晴好，流水缓慢。失孤者，不在此处
此处，脚上有疤的人，不敢伸出，无疤的右脚
此处，竹子说要开花，吊桥说要拆除。一个女人说
要剪掉大辫子

找，缘起。不找，缘灭。找到，缘聚。找不到，缘散
走过的每一寸土地，都生长谷子、麦子，以及孩子
遇到的每一个人，都是亲人。不信，对着人群喊一声
梳着大辫子的女人，都会应答。脚上有疤的人
都会把脚，伸出来

2015年9月24日

第二辑

美人瘦

梦里观虎

需要一只老虎,与之较量
它在梦里,仰天长啸
目空一切。它一定是只母老虎
嗷呜……嗷呜……

虎有三影
左魂,右魄,中为虎
明明心有猛虎,还说什么
细嗅蔷薇。我一翻身
它就跑了,剩下我
仰天长啸

2021 年 3 月 16 日

省下一点力气

用力猛了些。要它脏,它就脏了
省下一点力气。怎么宠,都只是
小坏小坏的。去留下一些空白
去让雪,落下来

等白,填满白。等旷野,没有了路,只剩
一场雪。等雪,来不及干净。最多说出
两个慈悲的人相爱,亲吻时,口水
是甜的

2017 年 1 月 11 日

在碧色寨

在碧色寨,偷吃一颗葡萄。它的种子
来自法国,纯种酿酒葡萄。不偷葡萄的人
在一间空房子里,偷偷拍照

沿着米轨,走走停停。三步一回头
怕有人跟着。怕有人,像水,找渴
怕有人,追上我,说爱

2016 年 6 月 11 日

过 年

雾重了,宝华寺的那面红墙
就快去向不明。雾散的时候,它又露出来
像一场爱,来路不清一样
又惊慌,又好看

你给我发来微信,问,今年去哪里过年
仿佛一种试探,仿佛要结伴而行。守寺的人
也要回家过年的吧。为了更好看一些
不如,替回家过年的僧人
守几天寺

2017 年 1 月 25 日

美人瘦

天降甘露,百草萌芽。连麻雀的身上
都是杏花春雨。春酒上桌
净莲寺的护林员,大块吃肉
大碗喝酒。有人唤出一声昵称
脸就红了

人间,需要有一种坏
被一再节省。无事,不去生非
净莲寺的寺,不在了。一定会
遇到一只野狐禅。剑走偏锋,沧浪为客
最好不曾销魂,不曾坏过。最多是
美人瘦,腰又细了

2018 年 3 月 28 日

今日立春

百草回芽,旧病萌发。你说,可怜了
喝下这一碗汤药,桃花,就打骨朵了

今日立春,宜沐浴,忌会友。这一场重感冒
生得多欢喜。我已吃药、打针。择吉日
就着一碗甜白酒,说说话

醉了,看春雨里的孩子们,咯咯咯地笑
也是好的。但现在,我必须
病一病

2017 年 2 月 3 日

素馨花

我多贪心啊。三月,偷了各种花
茼蒿、苕子、油菜、蒲公英……刚刚
我偷了一枝素馨。一身花香。我想要你
往常一样,摸一下我的后脑勺

只有你知道,我的惊慌,是假装的
那时,不知什么花,也开了。这么多的春风
将我新买的真丝香云纱小背心,吹出了
无数皱褶

2017 年 3 月 13 日

三月·在圣爱中医馆

在圣爱中医馆,待了一下午。紫藤
和素馨,开在隔墙的院子里。一个人
喜欢药味久了。不过是想把疾病
还给流水,或者清风

老医生把脉,说我气虚。我补充说
午睡的时候,还会淌口水。此时
如果小睡一会,醒来,一瓣素馨
正好落在刚淌过口水的嘴角。一个人
有些好看,不过是比别人
多了些孩子气

2017 年 3 月 28 日

这会儿

这会儿,树上的小李子,没人偷吃它
多无聊啊。这会儿,我也是无聊的
医院里数病人,数到第六十四个
才是我

那会儿,风吹过我的裙裾
还撩拨了一下其他的事物。这会儿
有人在洗一身的火车味。我一低眉
来不及羞涩,就成了一个病人

2017 年 5 月 29 日

后脑勺

我的后脑勺,被摸过多遍了。仿佛
那里有光,有爱,有小慈悲。仿佛
有别于人群,有别于其他人的悲喜

手滑过的地方,多么温暖啊。我们的嘴唇
还留有一碗砂锅饭的香。这烟火的气息
让我执意要与这尘世,区分开来
去爱,去赞美。去把路边的荒草
也赞美一遍

2017 年 6 月 23 日

十月·在官渡古镇

要准备几朵落地的三角梅,证明昨夜
我们喝酒,谈论,撒野,大声歌唱
压低嗓门的时候,我们仰头
看了一会天空。恐惊天上人
恰好,我们停止了碰杯

杯中酒,已尽。这空出来的部分
让美好,有了延续。世间万物
从未满过。院门已关。来的时候
不必敲门。那些未说完的话
送给了流水

2017 年 10 月 21 日

甜

昨天,吃了两颗糖。今天
只一颗。我仍然甜着。像读佛经一样
去爱,去赞美。昨夜风大
门缝里吹来很多碎花瓣。这意外的惊喜
多美好啊

宝贝儿,天冷,别着凉。我把你给我的话
说给了你。一想到,我是被甜哭的
就无端羞愧。这甜,这泪涌,这慈悲
让我交出余生。不再和人间
争美,争爱,争宠。浮尘卑微
让我们,替那些没甜过的人
多哭一会儿

2018 年 1 月 31 日

立春日·说晚安

一觉醒来。屋檐下,猫还在呼呼大睡
忍住了,不唤醒它。美好的事物不破坏

听说,山顶上下雪了。两只灰喜鹊
交换着,拍落翅膀上的薄冰。这个立春日
一定发生过爱情

昨夜,零下一度,睡得很暖和
宝贝儿,说过晚安,就不扰你了
很多的美好,说不出缘由
就不说了

2018年2月5日

服 妖

服妖出没请注意。愁眉、啼妆
龋齿笑。鲜衣怒马，水蛇腰
世间既有人，也就无所谓妖

你见过服妖吗？哦！我就是
我长着一张狐狸的脸
只愿坏给人间，坏给你

2019 年 2 月 14 日

余 生

这一再缩短的余生,只剩下
为数不多的几个人。你是爱,是光
愿你在深夜,无端泪涌的时候
想起我

如果更想,就来拦腰,抱紧我
把我们,抱成一对孤儿

2019 年 2 月 14 日

暮色落在脸上

暮色四合,一面被遗弃在废墟的镜子
散尽了尘世的烟火气。只有我
仍身处红尘。借着仅剩的一缕暮光
拍下一张照片

暮色落在脸上,余生的悲喜
都给你。光,已经在我的身体里
偏执地爱着。废墟,仿若空无的笑
无悲无喜,也给你

2019 年 3 月 23 日

胭脂沾染了灰

天生爱哭。胭脂沾染了灰
这一次,泪珠比眼睛还大
梦魇里喊一个人,救我,救我
世间有宝黛,就有一片
白茫茫的大地

真干净啊!光照着它要照的事物
我们爱着我们要爱的人。说《金瓶梅》悲悯
《水浒传》行侠仗义,《西游记》谈妖论怪
众生娑婆。如此,说的都是慈悲

2019 年 5 月 21 日

去山顶看梨花

这个春天,梨树下
有人讲了一个故事,刚开始
是一只鸟,后来是
许多小虫子。春天或秋天
它们因偷食花瓣,或果实
或者都不是,只是万物有光
而撞上了梨园里的一面网
梨花如雪,再后来
讲故事的人展开双臂,拦腰一抱
梨花就快谢了,紧接着
会结出许多青绿的小果实
等鸟来啄

2023 年 3 月 19 日

躲　雨

一场大雨，从尖山下过来
抚仙湖边，一艘废弃的旧船
可容很多人躲雨。如果只两个人
也没什么，空出来的地方
将成为一个悬念。大雨倾盆
事实上，躲雨的地方，是一个
只可容下两个人的屋檐
暴雨中交谈的，除了雨中的
那两辆单车，都是些别人的事
说起那个被车流卷走的女人
有人痛哭流涕
人间的惺惺相惜，从来都是
如此偏执，哭一次
动用了
一天空的水

2022 年 6 月 25 日

田 埂

田埂上的草,打了除草剂。踩上去
有点悲伤。秋天还没来,它们就枯了
有些悲伤,怎么看,都是不好看的

明天,就是九月二日了。明天,穿着红裙子
会去田埂上走一走。明天,担心自己
又开始相信一些爱,任野草,疯长一田埂
有些悲伤,怎么看,都是好看的

2015 年 9 月 2 日

轩、旷野或其他

轩很小,雨打在芭蕉叶上
与谁同坐?明月清风我
我五十二公斤的体重,适合有一段
风流韵事

有人盘腿坐在旷野,抄写经书。旷野很大
风很大,月亮也很大。抄写经书的人
经书一样大

抄经的人,站起来,旷野也跟着
站起来。我不敢动
我只想让风,越吹越薄
我只想让蓝色的长裙,随月光,凉下来
我只想让自己一米六六的身高,更像
一个女人

2015 年 6 月 27 日

空山不见人

再走几步,就到寺院了。一路上
山是空的。坟头上,挂着纸花。冬至大如年
宜祭祖。雪,去年下过一场。雪地上
写下的字,化成水,淌了

寺门已关,施主请留步。门外
遍野清风。山下,有人在回家的路上
一会是亲人,一会是情人。回时风急
嘴唇上的口红,被吹走了一些

2016 年 12 月 11 日

宽　恕

小雕鼠被我们惊着了，跳到寺院的
瓦沟上。想起什么似的，回头
望我们一眼，宽恕一样

龙门上，风很大。你点燃的烟
熏到佛像的眼睛了。佛，还是笑着
宽恕一样

2016 年 12 月 13 日

拱拱手

喜欢你摁在烟灰缸里的那个烟头
古人拱拱手,说,就此别过

桌子上,那半杯茶,有些凉了。续点水
又暖暖的,冒着好看的热气

我是否被宠坏了。你都离开好大一会了
要听话,要乖。要古人一样,拱拱手,说
后会有期

2016 年 12 月 14 日

春天是要怀孕的

山中,没有时间。如果坏一点
会更好。春天是要怀孕的

一路上地名都很好听。含笑居、麂子箐
落水洞、月亮湖、山楂湖。烽火台上
鬼也多,神也多。你看,那个牛骨图腾
习惯了让神守着

烽火戏诸侯。相较于褒姒和幽王
我们太乖了。只敢反复地说
春天是要怀孕的

2019 年 4 月 13 日

七 夕

荷花都结莲子了。这要命的苦
莲心里的两瓣小嫩芽。窗外
有只鸟一直在叫,吱吱,吱吱吱
这空中的桥

你给我的,经得起
一再挥霍。孩子和两只猫
在暮色中。你提着青菜
白菜、茄子、辣椒和一条鱼
这日常的琐碎,让我
埋首人间,空空的

2019 年 8 月 7 日

给我风

风吹蜡梅,香得有点乱。那些年
清风才拂面,人心已撩拨。不要白白
浪费了这清风。不要白白,浪费了这人间

此时,人间,只剩点头一笑
此时,深山上,寺门已锁
此时,给我风,却未必会吹落什么
此时,给我钥匙,却未必去打开寺门
此时,菩萨,已经听我说过太多的人间事

2016 年 12 月 14 日

你会在云朵下喊啊喊

并肩骑行。偶尔，骑得快
跑在了你的前面。想和你
开个玩笑，假巴意思来一次
消失。从此
去向不清，下落不明

六月，烈日灼心
你会在云朵下，边找边喊
喊啊喊。像西楚霸王
喊他心爱的虞姬

2020 年 6 月 13 日

等天亮了,我们再说话

你说,等天亮了
我们再说话。想去爱一下什么
你在梦里翻身,抱住我
比起上次,少用了
一点力

如果挥霍。有什么,会更结实
躲在你的臂膀下,惊慌失措。假装
犯下原罪之前的纯真。我们
完好如初?仿佛
从未用过损毁

2020 年 6 月 17 日

大　荒

想怀一个娃娃，取名大荒
不要惊动，这洗得白白的人间
八月，大雨滂沱

大雨大雨大大下，小雨来闸坝
娃娃要饭吃，两口子就打架

唱一遍童谣，唤一声
随父，我该姓周。生下你
就隐姓埋名。一边喊着乳名
一边忘掉姓氏

2020 年 8 月 8 日

踩踩影子肚子疼

为了疼
有人追着影子,踩啊踩
这游戏,这魔咒,这画地为牢

踩踩影子肚子疼,荷包鸡蛋吃得成
踩踩影子肚子疼,荷包鸡蛋吃得成

今天的眼泪,特别咸
有人站在影子里,哭花了妆

2020 年 8 月 18 日

抹黑脸

这之前,我涂了唇彩、脂粉、腮红
我还刷长了眼睫毛。人群中,有人
比别人,多看了我一眼。撩拨这个词
某一年夏天,已经用过一次
这一次,我顾左右而言他

告诉我命犯桃花的人,是一个很好的
旁观者。为了不让他
在人群中,一眼认出我。为了不让别人
将我抹黑。在抹黑别人之前,我首先
抹黑了自己

2015 年 7 月 12 日

我说，喝

湖面吹来的风，这么大。它卷起的浪
一浪，高过一浪

这一回，每抬一次酒盅，都是我抢先
我说，喝。我的话音一落下
你的酒盅就空了

2016 年 2 月 12 日

人间美妙

那夜，借来一只肩膀，靠着
哭了五分钟
嘻嘻，人间美妙

有人说，某人的前世是一只狐狸
今世，修得人形
又有人说，是妖
嘻嘻，人间美妙

忽地笑

甲戌，小暑，蟋蜂居壁
会泽院的那一朵月季，停止了枯萎
从此，每个发簪野花的人，都抻出手，给心
挖坑，埋籽。饱看风月
低唤采花人

甲午，孟秋，凉风至
为赴一场聚会，竞渡而归
高速路上的车辆太急太快了，大着胆
和七月半的鬼魂，赛跑。怨得了谁呢
那粒自愿投入地狱的花籽，众魔遣回
忽地笑。越过泥土，想要长成
一株彼岸花的模样

紫顶寺的花开了。有人低着头，只抽烟，不说话
有人数镜中，一根一根，白了的发
有人带来杏花村的汾酒，烈了些。有人不小心
打泼一杯白开水，淌了一地
怀渴得梅浓较酒，且逐水流
咽一口唾沫，每个人都感觉自己

渴得厉害

2014 年 8 月 13 日

十 月

明晃晃地坐在一座城市的中央
不是为了等谁
只想抱一抱这座城市
然后，进入一次熟透的安静

一场雨来了，又去
十月已凉到季节的深处
只要我缄口，不说冷
就不会有人知道，刚刚下过一场雨

2008 年 10 月 1 日

背 景

我选择了一个诊所做背景
瓦扉上的野草,比我还弱不禁风
如果我身后的背景
换作黑夜的一双眼睛
一场疾病,或者就不治而愈

趁华灯还没初上,我必须别过脸去
处方上明明写得清楚
笨一点,再笨一点
这样,这座城市
就康复无恙了

2008 年 10 月 1 日

理 由

我的秋天
从一次复发的旧病开始
躲在一罐浓黑的汤药的背后
想了又想
还是找不到说出的理由

这样的秋夜
一直有只虫子在不停地咬
四季就这样一口一口被咬凉了

2008 年 10 月 1 日

鬼针草

穿一条棉质的裙子,宽大的袂角
蓝过天空,蓝过湖水,蓝过月痕
月光
漂尽,身体的痕

一粒沙,硌伤了脚底板
停下来,等待鬼针草
在秋天、结籽、蔓延,铺过天,盖过地
淹没裙裾、马蹄和月琴

鬼针草沾满裙裾的时候,等一个人
带着沽好的酒,踏歌而来
轻敲,月下柴扉
酒喝到还想醉的时候,抱月抚琴
流一颗,蓝色的泪

鬼针草开花的时候,小半生的时间,都熬了药
今夜,大雪践约。煮酒烹茶
偷饮春醪
好好醉一回

2014 年 11 月 10 日

风吹哪页,读哪页

说出来的话,被风吹走了
是想好痕迹,有了风
还是发现风,有了痕迹
问及风的去向,你说,听
扑通……扑通……扑通……

有些痕迹,可作诗写
有些痕迹,可当歌哭
有些痕迹,可作月望
有些痕迹,可当风听

月有影,风有痕
山中明月,水上清风
风吹哪页,读哪页

2014 年 6 月 28 日

骨头太轻了

从木森公司再往东,穿过象山,穿过风
穿过月亮的背面,月光泻在宣纸上
来来回回的路途,那些安静的汉字
是一根根树杈,从旷野的深处伸出来
我担心它的枝丫
会捅破那个满肚子装满冰块的女人

临风回首,碎花的衣衫上
落了一根发,白的。不要刻意
去拔没落的发,拔一根,就留下一个坑
浅的,埋不了骨
深的,骨头太轻了,填不满坑

2014 年 6 月 28 日

风,来来回回地吹

我还是忍不住大声地哭了
风留下来,潮水留下来,黑夜留下来
我和你,必须走,必须走啊
你听,造物主在喊魂,你的,或者我的

我们的魂魄,被风隔着,被山隔着,被水隔着
被明晃晃的月光隔着
主说:你从这里出去吧,因为你确是被放逐的
风,来来回回地吹。像一些妄念
断而复生

2014年6月28日

心 疾

被月光洗过的风,了无痕迹
吊瓶里的针水一滴一滴往下淌
药液滴入肉身,像一道咒符
医院里,哭喊的声音越来越密集
有人死于一场车祸
有人死于一场爱恋
有人死于一场突然而至的暴病
有人无疾而终
我不过病于一点小小的心疾
就忍不住喊疼

2014 年 7 月 13 日

听,起风了

这个夜晚,我们说起诗
说起诗中那个埋在土里多年的老人
你定定地看我
我确信,黑暗中,你一眼就看清了
我确信,在这个夜晚之前
风,就给过你消息

后来,我们不再说话
彼岸滚落一粒光亮
像那个死去多年的老人
随时都可能开窍的魂灵
再张口的时候,我们异口同声地说
听,起风了,风在刮骨

2014 年 7 月 16 日

突然轻了

风,往西北方向吹
阳光里写字,月光里写字,
水面上写字,风声里写字
一切,有形。一切,无形

我突然轻了,有人吹出了我的重
我突然重了,有人吹进了我的轻

2014 年 7 月 28 日

老 去

冰肌或玉骨

不过是时间最终的败寇

整整一个下午的表达

说着说着,嗖的一声

以箭一样的速度,老去

青春,早已挥霍殆尽

犹如,日渐枯萎的双乳

空荡荡的完美

适合老去

行到水穷处

凉透了的,不只是唇瓣的暖湿

那个巫一样的女子

可否还能娇嗔着

于一抹羞涩中

和这样的一个午后如期而遇

2011 年 12 月 7 日

酚氨咖敏片

倘若疼，能够以一种名义
无耻地纠缠在体内
呈现出来的必是破绽
细若游丝，如影相随
或火焰或灰烬

初冬，如此均匀的呼吸
风寒水瘦这样的词语
倘若一定要追根溯源
不是因为季节本身
必是来自体内无法蜕变的疼

仰脸，以四十五度角的姿势
小心翼翼吞下的
是一粒酚氨咖敏片
此时，倘若有薄凉的暖
跌落于额头
疼，是否会
破茧成蛹，羽化为蝶

2011 年 12 月 6 日

无患子

我以为我可以抵达一棵树的内心
无患子、苦患树、黄目子、鬼见愁、菩提子
我想像金黄的果粒,想像一串无患子做的念珠
想像释迦牟尼在菩提树下悟道
降服心魔,降服般若觉性,
神通无碍,得道成佛

一炷香燃尽,香灰掉下来,没入尘土
没入心魔经过的路途
那些真实的忧虑和美好
朝着庞大的时光后退
来往的人,哭的哭,笑的笑
痴的痴,傻的傻,憨的憨

折一根树枝,打打心,打打心中的鬼
从此,做一棵树,生长、开花、结果
……
做念珠,抑或入药
月光下,一个人,诵经读书

2014年3月22日

鬼

无法定义秘密,梨花盛开
这个午后,我们各怀鬼胎
喝酒,写诗,打情骂俏
瓦掌擦的魔芋,石磨磨的豆腐
沟边掐的水芹菜
所有的事物,都不及这一树梨花
开得好看

梨花是没有向度的
向度存在于,藏鬼的心中
酒,喝下去,身体里的鬼就跑出来
剑拔弩张,步步紧逼

不喝酒的,是女人
一瓣梨花,一个譬喻
她们心中的鬼,固执、简单、纯粹
这些憨傻的女人,一生都跟着鬼跑

2014 年 3 月 22 日

肖像画

铺开裙摆的一角，在上面涂鸦
左边画一个女人，右边画一个女人
迎面吹来一阵大风，我不担心风会卷走
她们身下堆积的落叶。我担心
沙子吹进她们的眼睛，她们淌不出
泪水

如果有人要为我画一幅肖像
最好画出那阵迎面吹来的大风
最好在我的眼睛里画一粒沙
最好将沙子溶化于泪水
最好让泪水
淌出来

2014 年 5 月 12 日

白骨和白发

他坐在街心,像一个找不着家的孩子
刚长出来的一小撮发,是白的
写在电杆上的一个字,是白的
他穿一件黑色的 T 恤,前胸后背的鱼骨图
是白的

他说,电杆上的字,多好啊
他这样说的时候,眼白,是白的
牙齿,是白的。脸上的笑,是白的
说话的声音,是白的
手心里的温度,是白的
更多的白,没有人,看得到
一些,被遮蔽了
一些,实在没必要
说出来

2015 年 8 月 3 日

云舒山房·寒舍

几个人,就着一锅热气腾腾的菜夜饮
锅里的汤,快煮干了。再过几分钟
就立春了。湖心吹来的风
有一种新鲜劲。微醺的时刻已经过去
我们开始漫不经心,仿佛春天
已经提前进入到了寒舍的最深处
那一年,有人双手插兜
一个人走在星空下
此时,放下那些不值一提的骄傲
我们终于成为朋友
举着杯说,走一个,走一个
春来墨未干,门楣上的春联
适合有一个美人,随风而至

2023 年 2 月 4 日

无处安放

酒,喝一口,少一口
醉,醉一次,少一次
面,见一面,少一面

这一次,过村走寨,一路都遇不着酒肆
此间,准备好的酒
无处安放

2015 年 3 月 29 日

GZ 酒吧

他在 GZ 酒吧，等一个女人
他身旁的座位，一直空着
女人不来
酒吧只剩一个虚设的场域
他借他的嘴巴，替女人喝酒
他借他的耳朵，替女人，听他说一些话
他借他的双臂，替女人，抱了他一下
他借他的心，替女人，爱了他一回

2017 年 10 月 22 日

姐 姐

他醉了，往常一样，喊她姐姐
说一些，坏坏的话。十年了
他每喊她一声姐姐，她就逆生长一点
十年了，她再不允许他
好好坏一次，他就老过了她

2017 年 10 月 2 日

一种酸汤的酸

两个人,一瓶葡萄酒
他说,锅里的汤,咋那个酸
她笑,酸着酸着,就甜了
他低下头,狠狠地喝了一口汤
火锅店出来,他们浑身上下都是
酸的,一种酸汤的酸

2017 年 10 月 2 日

徐家渡印象

站台还在,往北是滴水
往南是禄丰。春水南流
春天,以及一江春水,也还在
老街上的牛菜馆,曾有人提一壶酒
从对面的村庄,渡江而来

他们要赶的小火车,在猜拳声中
一趟一趟,一一错过
人世间的故事,很多时候
并没有什么特别的情节
动人之处,不过是
一壶酒,醉了陌路人。更动人的是
小站上的故事,未完待续

2023 年 3 月 14 日

白一次头,就够了

从山上下来,抬头
看见路人鬓角的几根白发

窗外的花香,一直没有被风吹远
暮光,落在我的指尖上
我的头发,也要白了

天就快黑了
一生,白一次头,就够了

2017 年 12 月 11 日

春天有多种可能

这么多的快乐,这么多
你不在的日子,我要改邪归正

春天有多种可能,我们的身份也是
我会坏得其所,也会好得其所

2015 年 2 月 11 日

酒石酸美托洛尔

心慌、头痛、失眠、偶见幻觉

嗓子哑了，五脏六腑也空了

有电话进来，应不出一声"喂"

两天了，没说过一句话

嗓子，怎么就用坏了

芬必得、安眠片、阿胶浆口服液、酒石酸美托洛尔

姐姐说，只是一场小感冒，用不着吃这么多药

妹妹说，这是顽疾，吃药也没有用

新买的蓝裙子，没来得及穿就旧了

三秒钟的记忆，让我做一尾鱼

卖药的女人对着我笑，露出一嘴白牙

三月，我们买川贝，卖药的也是她

她说，酒石酸美托洛尔，又名倍他乐克

长期服用欲中断者，需逐渐减少剂量，骤然停药可致病
　　情恶化

出现心绞痛、心肌梗死或室性心动过速

今夜，我比一粒酒石酸美托洛尔还要危险

2013年5月11日

胎 记

那么多的病人，出出进进，生或者死
侧过脸，把目光转回自己
县人民医院三号输液室八号座位
琥珀色的丹参，顺着血管，滴入心
味苦、微辛，性微寒，活血祛瘀、养血安神
主治瘀血头、痛经闭经、温病心烦、血虚心悸
那么多的功效，它治我身体里哪一个部位的病
医院的旮旮旯旯里都是细碎的疼
背上那块暗斑，也疼，母亲说
这是娘胎里带来的，是胎记
从昨夜到今晨，我的身体里多了一块胎记
长在了心尖上，一跳就疼，一疼就碎，一碎就死
临死，我有一个小小的要求
请求来世生我的那个母亲
一定要带着我心尖上的这块胎记
转世托生

2013 年 4 月 26 日

家乐福

汰渍洗衣粉、妮维雅洗面奶
东芝牌电池、公牛牌插座
……
超市的小推车装不下生活的全部
也掏不空"家乐福"的含义

你给我的,不是斤斤计较的讨价还价
是琐碎和朴素间,踏实的依靠
我爱,力士香皂必是香的
我爱,你必是纯粹的

不穿裙子和高跟鞋,不用香水和口红
平常的日子,只做一个平常的家庭主妇
系围裙,戴袖套,穿居家的服饰、平底的布鞋
剥掉一只橙子的皮,一瓣给你,一瓣给我
生活,请允许我们天天这样
穿行在超市的货架间,被茶米油盐
拦腰抱住

2013年6月19日

第三辑

与亲书

喜 丧

2021年11月24日零时五十五分

奶奶仙逝,面带喜色

享年102岁。2019年母亲节

给洗完澡的奶奶拍照

她穿一件白色的T恤,坐于床沿

发髻高挽,唇红齿白

此时,灵堂上,她的美

还在照片里

亲人们唱孝歌

千张纸啊,万里路啊

万里路上读赦书啊

一个不识字的亲戚,唱错了字

咯咯咯笑了。守灵的夜晚

一群人相谈甚欢。母亲说

明天出殡,要给右腿有疾的奶奶

烧一根拐杖。妹妹说

要给爱美的奶奶买一盒雪花膏

我能想到的,最好的表达

就是什么也不说

只是和照片里的奶奶一样

低眉，浅浅地笑

2021 年 12 月 27 日

空 坟

草木间,还有什么,比遇见一座空坟
更让人心生欢喜。小鸟一会儿啄啄
掉在坟地上的几粒草籽。一会儿啄啄
上坟人摆放的供品

一个活着的人,愿意有一座空坟
愿意和鸟,一起领受亲人们提前准备的祭品
这是欢喜的一部分。哦,这未烧尽的纸火
它的欢喜,忽明忽暗

2017年1月10日

阳宗镇·我的衣胞之地

草木侧身,让出一条路。有家可回的人
在山那边,造一座废墟。老爹
我又想你了。这些年,我学会了
区别人间的好坏。有时,我也坏
逼一个人喝酒,女土匪一样

在灵峰寺,穿戏袍的老艺人,唱傩戏
玩关索。一个以"傩"为艺的人,一生
耍的是假刀,玩的是脸壳。阳宗镇
我的衣胞之地。您赐予我的坏。真的
女土匪一样。如此
酒来

2017 年 11 月 16 日

冬至·去深山看你

冬至,去深山看你。我们一路笑着
山路太窄,错车的时候,有人对着我们
骂了几句脏话。我们还是笑着

一时贪玩,忘了给你磕头。只顾着
钻进齐腰深的鬼针草。不要担心,我们会迷路

这么深的山,这么蓝的天。素不相识的上坟人
笑一笑,就都是亲人了

2016年12月19日

被访者说

被访者说,流经门前的河
曾叫纳雾江。那年,父亲喝醉了
睡在河边。等流水,送来一个
帮他缝过被子的女人

被访者说,破四旧时,在圣谕堂
有人把神砌在墙里。告密者逢人就说
要么丢人,要么丢神。那年
竹园村的竹子,开完花,就死了

夜访遇雨。我说,冷
被访者说,你有福呢。流水
即将送你,去一个地方。泥塑的神
归尘,归土。等你的那个人
襟袍宽大。不可不爱
不可太爱

2018 年 3 月 31 日

掼烂碗花

风,吹过坟头草。接着吹
掼烂碗花。清明
李晓外的坟,长大长高
长出倒钩一样的长刺。来不及
丢掉割刺的镰刀。母亲
一把抱紧我们

对着天空喊爱。空谷,开白花
旷野,长荆棘。老鸹老鸹张开嘴
哥哥喂你糖开水。这性感的人间
昨天还清风明月。今天
却坏得其所

2018 年 4 月 5 日

雪　地

雪地里，走几步，停下来，吃一口雪
松针上的、草尖上的、庄稼上的、泥巴上的

吃雪，容易逗咳。咳一声
往雪地里走。走了很远，也没走丢
父亲一直跟在身后，我咳一声
他也咳一声

2016 年 12 月 11 日

与子书

会有一个好看的姑娘,疼你
走上去,抱紧她。三岁那年
你放飞的氢气球,天空如镜
一直自由

我会在给你的信中,提及尧十三
我难过吗我找不到酒喝
你要在北京的街头,学会醉酒
人人生而孤独,我帮不了你

只能捂着肚子,蹲下去
仿佛你又回到体内
十月怀胎,一朝分娩
我揪着自己的头发,为孤独
找到一个新的对手

2019 年 4 月 28 日

冬至·去上坟

添一把土,土就长大一点,坟就高出地面一点
那个埋在土里叫赵纯的人,入土,就深一点
坟,离天空,就近一点

有一把土,失手,撒在了几瓣小野蒜上
为了成为一粒种子,大多的事物,都抢着
等土来埋

2016 年 12 月 19 日

母 亲

她擦拭相框上的灰尘,像是
又一次给相框里的人洗澡
相框里的人不在了,她终于说出
她老了。她仿佛是从 72 岁
才开始做我的母亲。这之前
她一直是女儿。有一次
相框里的人,说起她的爱情
她红着脸,对相框里的人
半是埋怨,半是撒娇
我妈!羞
我三个娃娃
都当爹当妈了

2022 年 5 月 8 日

穿过斑马线

母亲节这天,梦到儿子
我抱着他,穿过斑马线
做梦之前,儿子发来微信
妈妈,母亲节快乐。尘世间
关于快乐,我总是患得患失
唯有在儿子面前,我用尽了
我的悲伤,只剩快乐。就这样
一直快乐,一直到他
结婚、生子、当了爹。那时
我站在红绿灯下,成为一个
要他拉着手,才敢
过马路的孩子

2022 年 5 月 8 日

白酒果

那么深的草,遮蔽了
遍地的白酒果。当地人说
乖,吃多了,会醉倒在
磨盘山上的云朵下。每一个
被摸着头、说乖的人
都是一个,让人心疼的孩子
这一日,忽想起
饿极了的祖父
吃完一山坡的白酒果
拉肚子死去。每年冬至
去上坟,都会伸手
摸摸祖父的坟头。那时
风吹过杜昆家山头,白酒果
还没开花。人间
只是一个孩子

2022 年 7 月 9 日

从白血病到脑膜炎

背对你。吞声饮气,哭声在喉
从肿瘤科到神经内科
从白血病到脑膜炎
追魂鸟不停地叫

你吐出的那一滩苦水
酸、涩、苦、辣、咸……
甜,是额外的附属物。反刍,才可舔食
锥穿。骨头,一根叠一根

风,翻开经卷,吟唱金黄
邻床的女人死于乳腺癌
腾空的床,睡着她尚未断奶的儿子
和一只笑眯眯的小布熊

卷起尘土、翅膀和一道暗黑的门
追魂鸟叫不动了。万物醒来
昆华医院的桂花开了,你说要去看
东寺街的野达鞋店,新进了一款高跟鞋
你说要去买。小镇的溪谷,长满回心草

你说要去采一枝,簪于发际

待月亮醒来时,做最美的那个新嫁娘

2016 年 6 月 1 日

产床、婚床和墓床

仲冬，阴旺阳隐，藏虹不见
风，划开我的肚子。疼，一跳一跳
医生吼，没有胎音了
使力，使力，使力……
孩子，踢妈妈一脚，踢啊
要像一头顽皮的小豹子
奔跑，歌唱，撒野
咬着妈妈的耳根，说一句
悄悄话

奶奶一大早就去祭天拜祖了
祷告吧，逆时针的秒表
产床、婚床和墓床，只隔着一声
婴儿的啼哭
赤裸是必须的，撕裂是必须的，缝补是必须的
母兽一样的咆哮，是必须的

葭草吐绿。十点钟的阳光，暖暖地
搁在妇产科的小秤盘里
也搁在小衣裳、小裤子、小帽子、小袜子、小尿布里

孩子，3.9 公斤的你，搁在小秤盘里，可称
胎音、疼痛、祷告、阳光，以及你吮吸时的力气
称不出重量

2016 年 6 月 1 日

203 病房

去厕所，用抽水马桶，冲洗哭声
蹲坑的门板上写着，要迷药，打××电话
203 病房，没有光。不敢走进去，怕黑
怕一伸手，就摸到儿子裂开的后枕骨
怕不吃迷药，就和儿子一起昏过去

半天时间，203 病房
已推进三个血糊淋啦的人
一个打架，一个车祸，一个跳楼
家属们，打开泪腺，各流各的眼泪
各顾各的生死。我的悲喜，只给
我的儿子。碎薄、狭隘、自私、偏执

风，吹落满天星辰
风里，一定藏有一只手，专门负责
抛撒魂灵。今夜，风很急，手很多
半夜，一只手抻进我的脖根骨
轻拍、安抚。像哄一个孩子
妈妈，不哭，不哭
儿子，丝绸滑过肌肤

我将学会粗粝,学会泥沙俱下
学会不哭

2016年6月2日

我是你前世的小情人

在手术单上签字,医生告诉我
这是不确定的危险
这是不确定的生死
这是不确定的良性或恶性
这是丝绸滑过肌肤,遇到刺

想哭的时候,吹一首歌
《柳堡的故事》。口琴上的四十八个孔
一吹一吸,落下病根
手心里捏着一把汗,提心吊胆
无处躲藏

抬一盆水,给你洗脸洗脚
倒掉痰盂里的小便
数白色的药粒儿,舌根泛苦,一下一下
逼近。突然泪流满面,突然想听你再讲一遍
亲尝汤药、扇枕温衾、涤亲溺器的故事

去东寺街买一捆鲜花,后悔以往的每个花季
玫瑰,都留给了你以外的男人

我是你贴心小棉袄,是你前世
宠不够的小情人。不怕你
白发盈雪。不怕你,缺牙半齿
只怕你,下巴骨上的那坨肉
变了质

2016年6月2日

陪你唱一段京剧

我愿在小龙潭等你，在牟定等你
在武定等你，在北教场等你，在阳宗等你
在你走过的路、跨过的桥、蹚过的水
种过的地、爬过的山上
等你
就是不愿在一个叫肿瘤医院的地方
伺候你

喂到你嘴里的牛奶，淌了一胸膛
深夜，肿瘤科病区
你听见你的食管一寸一寸
吞咽死亡。你摸到你的体温
棉布一样踏实，天然一样亲近

敲冰烹茶，品茗论道
陪你唱一段京剧
听你再讲一遍建文帝隐居狮山的悲壮
陪你煮酒论剑，喝一盅
把你的身体，你的喉管
你一生的申辩、控诉、才华和冷峻

变成秘密的通道,咽下去,吐出来

没有一剂汤药不苦

啮雪咽毡,没有一个典故不暗含悲喜

化疗,杀死遍布疾痨的偏宠

不说顽疾和隐痛

每块墓碑,都弥足珍贵

你的一生,储存了那么多温暖

以备死神造访的一瞬,对着所有的亲人

再做一次表达

2016 年 6 月 2 日

第十二胸椎

踏雪寻梅,映雪读书
我想诵孝经,写一些温暖的文字
我想平静下来,赞美人世间的甜蜜
我想陪你买菜、煮饭、洗衣、扫地、抹桌子
就着月光,说一说各自的爱情
月照缁衣,做两个幸福的女人

那一年,陪爸爸手术,你睡躺椅,我睡床
今年,马金铺骨伤科医院的天空,依旧很蓝
脚下一滑,第十二胸椎,断了
听不到你喊疼,身体里的每一块碎骨
要么启齿,要么哑然

二十八岁,我出嫁
你给我梳头,发髻高挽
骨肉相连,吃完你煮的离娘肉
你抱着我,哭得唏里哗啦
我是你身上掉下的肉
谷粒遍地,发的发芽,腐的腐烂
儿大母衰

一些意外的重，让人说不出轻

如果，昆华医院，能有一间房子
不做病房，做灶房，可以用来
生火煮饭，举杯同饮，共享天伦
过平静而闲散的生活
我就系围腰、戴袖套，洗手做羹汤
文火慢炖，给你熬一锅汤
补补骨头

2016年6月3日

且带酒来

家里,有烟,有茶,有书,有酒,有月光
有一个嗜酒成癖的男人
向南的窗,阳光正好,三角梅正艳
酒正浓,茶正香
三五酒徒,正好造访

二话不说,端出一罐酒
大块吃肉,大碗喝酒
一壶浊酒喜相逢,酒蚀肠,醴糟胃
小酌怡情不过瘾,酩酊大醉终伤身
遇到酒之前,你视我为掌中宝
遇到酒之后,你斗酒猜拳,做酒徒

酒品如人品。你宁愿伤胃、伤肠,也不伤心
始终相信,你一生只爱过一个女人
始终相信,你一生只有这三五好酒之徒
酒酣方得《大风歌》
口唇发绀时,你唱
红尘有你,就有我无悔的泥

半夜醒来，呕血黑便
伸手，抓到一堆药，而非一罐酒
奥美拉唑、西咪替丁、雷尼替丁
县医院消化内科的病房外，明月高悬
杜康沽酒醉刘伶。兄弟，胃出血算不了什么
且带酒来，再醉方休

2016 年 6 月 4 日

酒是你喜欢的

老爹,说好了这个冬日一定去看你
煮了汤圆,炸了花生米,准备了烟酒茶
酒是你喜欢的,烈烈的那种
半坡上,心想,会遇到一只老鸹
叼来一块肉,喂食正在活着的身体
低头,只看见,草被风吹得没入泥土

起得太早了,一枕清霜,打白了头
老爹,你在土里冷不冷
你说,丫头,傻啊
埋进土里的,是冻硬了的
世态炎凉
早冷了、僵了、硬了、死了
没有坏掉,就是万幸了

老爹,游荡四野的风都停下了
多么安静啊
我给你点烟的时候,烫着了指尖
活着,是横插在身体里的一把刀
动一动,就要流出血

老爹，这个冬日
你的孙女有一个小小的请求
你一定要就着这盅烈酒，咽下
蓝瓷花小碗里软软的汤圆
哪怕它轻轻一戳就露馅
老爹，你放心，馅一定是甜的

2013 年 10 月 6 日

新鲜的身体

奶奶,你今年九十三岁了
小镇上比你年轻的
一个一个死去
听见送葬的鞭炮声和唢呐声
你就一遍一遍对母亲唠叨
死千死万
咋死的不是你,不是你呢

你说每个三更天老爹都来床头哼哼
你说死鬼在那边,一个人怕是不好玩
你说你活着的只是残疾的身体
你说你早死一天母亲就可以少倒一次屎尿
你说你梦见南街阁楼上一个女人新鲜的身体

说着说着,你枯瘦的手指猛一使劲
小侄女递给你的一颗核桃,碎在了掌心
快速、有力、准确、冷静
这样的猛劲,是被时光淬过火的
一下一下抽掉我身体里新鲜的汁液

2013 年 10 月 6 日

明珠路上的周师傅

爸爸,医生打开你的胃
糜烂是必须的
一跳一跳,活着的部位
装满鼻炎、咽炎、胃炎、淋巴炎
腰椎间盘膨出。还有一颗一颗
脱落的牙

爸爸,你一点都不听话
我们姊妹仨都成家立业了
你的生活规律,还跟壮年一样
六点摆摊,二十三点收摊
明珠路上的生意人,换了一茬又一茬
长江后浪推前浪
咋就,推不倒你

拖拉机是一种交通工具,周师傅是一个驾驶员
或者一个小木匠,一个小老板
不不不,我只要你,是我爸爸
明珠路16号的生意
爸爸,我们不做了,关起这间杂货铺

我给你捶捶背、捏捏肩、挠挠痒痒

爸爸，如果你，仍然不听话
我就只有咬咬尚未松动的牙
告诉你的外孙
你外公都还没老去，我更不敢

2013 年 10 月 6 日

早点摊

妈妈，豌豆粉熟了，卷粉熟了，米线熟了
面条熟了，粑粑丝也熟了
烽炉、锅洞、液化灶、电磁炉
又热又烫，早点摊的热气
沸腾在，你好看的眉心

街子日的明珠路，花花绿绿的买卖
妈妈，我的舌尖上
一碗小锅米线的香，就够了
吃过香的，喝过辣的
妈妈，我只好这一口

妈妈，猝不及防的事
有时是灾难，有时是幸福
像失手打翻的一碗小锅米线
泼洒一地的汤汤水水
尘世，藏着太多预算外的开销
像你掼断的腰杆一样
一不小心就骨折
妈妈，你疼不疼

妈妈，你说，因
人世间，有很多种疼
损毁的胸骨，是一种
疼。爱，是另一种
疼

2013 年 10 月 7 日

天蓝到十月便不蓝了

递出掌心，你轻轻喊，姐姐
薄薄的凉缠着细腰，弹指即碎
像一只流浪的猫，拱进你的怀里，取暖
皮肤、体温、骨骼、血液还有心尖上的颤音
抽泣、哭、号啕大哭，递进式的赤裸
递进，像一场疾病，由浅至深
剥下一层虚胖，瘦得赤裸

豆蔻年华，遍山的野草淹没了你
找不到回家的那条小路
你疼的时候，我傻着
我傻的时候，你疼着
原谅姐姐小半生的傻
十几岁的二十几岁的三十几岁的

天蓝到十月便不蓝了
姐姐傻到这个年纪，还傻着
月光下的身体，多了一层锈
一群鸽子在天空盘旋
三步一回头，五里一徘徊

天空,划不出翅膀的痕迹
妹妹,且把姐姐当作一滴泪
放在你的掌心,暖着暖着,就没了
连同一些痕迹

2013 年 10 月 7 日

交 换

小镇上的街坊都说，小儿子长得像妈有福气
弟弟，你就是那个有福气的小儿子吗
姐姐一直不敢说我们姐弟俩长得像
我怕一说，我就是那个没福气的小姑娘

每次回老家，你总说，大姐，你是公家人
清凉瓦屋，风吹不着，雨淋不着
有福气呢
我笑笑，酸酸的，分不清悲喜
你越来越胖的身体，摇晃往返的路途
把大姐的骨骼剥蚀得咯吱作响

弟弟，我们来
交换模样，交换性别，交换负荷
交换眼泪，交换笑声，交换头发的
黑和白，以及
小半生的爱和恨

有光阴趴在门缝里偷偷地笑
差一点就笑出了声

噢！大姐忘了，妈妈说过
所谓福气，莫不是知足常乐
换与不换，都一样

2013 年 10 月 7 日

你是我身上掉下的一坨肉

儿子,你是我身上掉下的一坨肉
给你 36.8℃的体温
给你眼睛、鼻子、嘴巴、耳朵、手和脚
给你我的心我的胃我的肺我的肝
人形和温度,让一个小女人安下心来
做你的妈妈

儿子,妈妈还有什么没给你呢
你说,老妈,你早上赶着送我上学
没来得及喝的那碗中药,给我喝了嘎
我要和老妈一起发热咳嗽流鼻涕嘛
亮闪闪的月光,照着你的回答
硌疼了我

汤药是我身体的一部分
疾病是我身体的一部分
从此,疼,是我身体里多出的一部分

2013 年 10 月 7 日

小野菊

小野菊这么白
逼迫的颜色,逼迫的生长
逼迫的美,逼迫的忧伤
逼迫的哀悼

我以为我在墓地,这现代主义的围栏
这集体主义的葬礼
我爱,故我悲
我悲,故我爱
小野菊的白,过分了

老爹的墓地,长满蒿草
如果我肯掏出五元钱,买一枝小野菊
墓地,这忧伤,这白,这爱
这蔓延
会突然,干净得
不沾一点
泥

2014年8月6日

白

向她走近一步,白,多了一片
向她再走近一步,白,又多了一片
走到她身后的时候,碎散的白,白成了一大片
这大片大片的白,从细碎到整体,是与生俱来的
也是突变的

电话里,我问,胃还疼不疼
她说,囡,不疼不疼
我问,头还晕不晕。她说,囡,不晕不晕
她应该很好,我想
她晃动在早点摊前的身影,应该和年轻时一样灵巧
我想,她脊背上的两根长辫子,应该乌黑乌黑
我想
是的,我只是想了想

我头上的发,一天白一根,或者更多
我担心,一觉醒来,就一根一根全白了,白成了一大片
某一天,我去烫发,并把白的,染黑了
某一天,回家。她正在洗头,用的是一洗黑
她洗过的发,飘荡在风中

乌黑乌黑

2014 年 12 月 9 日

抱 抱

温顺的羔羊,跪乳
以感恩的方式
母亲的乳汁里藏着浓酽的爱
亲爱的孩子,来,抱抱

香气,缭绕于臂弯
容颜褪了色,季节褪了色
血脉相连,自带芬芳
亲爱的姐姐,来,抱抱

小茴香调皮,燕麦草含情
你梨花烫的发垂下来
弄痒了我
亲爱的妹妹,来,抱抱

阳光抱紧一株燕麦,花就开了
亲爱的妹妹,走呵
我们一起回到母亲的子宫
和亲爱的母亲,抱抱

2012年3月6日

1985 年的桌子

您说，蓝色是温厚，绿色是生命
亲近油彩的蓝，1977 年的桌子
无隙可乘的精确
爱这蓝，爱这木制器物上凹凸相接处的榫口
更爱您和您精准的爱

推刨、斧子、凿子和墨斗
您是男人、儿子、丈夫和父亲
也是一个自学成才的小木匠
月光落下来，暖着堂屋
一地椿树香的刨花

穿的确良绿衬衫的小姑娘，和您一起弹墨斗
偶尔扑闪一下眼睛，思考一些答案
用什么来丈量时间，用什么来雕刻岁月
用什么来打磨勤劳朴素还有爱
月光安静，刨花安静，1977 年的桌子安静

三十五年了，利刃切削光阴
愈来愈薄，唯有您和您的爱，还有 1977 年的桌子

在榫口的连接下，愈发牢固

2012 年 11 月 16 日

父亲的手扶拖拉机

父亲在一个夜晚,梦见
有人喊他周师傅。父亲还梦见
一辆手扶拖拉机,扬起一路尘土
尘土追着父亲跑

新修的澄阳路又宽又直。父亲坐在小轿车的
副驾座上。裤兜里的一本驾驶证,还留有一些
余温。他看一眼窗外。他看到的窗外
一路的尘埃,都落定了

2015 年 8 月 16 日

热乎乎的

那年冬天,弟弟结婚
父亲一高兴,就喝高了
父亲一醉,蚕豆花就开了
母亲找到父亲的时候
他睡在他种的蚕豆田里
一丘田的蚕豆花都开了
醉酒的身体,热乎乎的,不会冷

后来,父亲老了,逢年过节
我们喝酒,父亲喝汤
举杯对饮,把盏言欢
父亲碗里的汤,冒着热气
热乎乎的

2015 年 11 月 23 日

神灵也是要喝酒的

过年,家堂上,供了饭菜、水果
净水、红糖、火柴。婆母说
少了一样呢,神灵也是要喝酒的

此时,婆母已经倒好了酒,此时
在凡尘的供桌前,可以为神仙们
许一个愿。愿所有的神灵,都依婆母的意愿
下到凡尘,喝了这杯酒

2015 年 9 月 16 日

抱紧一罐酒

老爹从小龙潭煤矿回来,带回一罐酒
十五年了,他借二两薄酒,暖身。这一次
他回来,就不走了。他和奶奶,相对站着
一声不吭。两个年过古稀的人
抱紧一罐酒,仿佛就抱紧了
人世间所有的
一无所有

2015 年 7 月 23 日

第四辑

草木间

七十二物候

1. 立春·东风解冻

门楣上的春联,是最安心的经卷
老爹说,今日菜好,喝几杯无妨
奶奶说,丫头们,素颜花衣,俏死了
妈妈扫净廊檐下的灰尘,坐在天井里稍息

水随风行,破冰了

2. 立春·蛰虫始振

小镇的戏台上,谭贵员正在打莲花落
衣裳穿得烂糟糟,肚子饿得空落落
大爹大妈给一碗,给么给一碗
一朵莲花啊,一朵莲花

劁猪匠杨往戏台上抛出一把小镍币
向看家狗招招手,翻着白眼,扬长而去

3. 立春·鱼陟负冰

他把舌头伸进来,她的嘴巴就满了
十九岁,月光惊慌,树影惊慌
洁白的河流惊慌

烧烤摊上,几杯老白干下肚
他说,离婚那年,他喝敌敌畏,真辣
吐出嘴中嚼得半碎的秋刀鱼,她伸出舌头
将烟熏火燎的夜空,舔了又舔

4. 雨水·候雁北

从裙桌里翻出一双绣花鞋,三寸有余
你托梦给我说,大孙囡,一直一直走
别停下,家门口有一眼大井
院子里有一棵白蜡条
秀山上,每天都有人为亡魂
超度

坟堆上,长出一棵七里香
骨肉和花朵,一直在长,一直活着
一直在回家的路上

5. 雨水·草木萌动

去外浪塘那天,下了一场雨
我心存邪念,挨户寻访一个叫小娥的女人

父亲老了,叫小娥的女人,也老了
我在电话里对母亲说
南盘江两岸,乍见萌黄

6. 惊蛰·桃始华

祭白虎,打小人
有人被施了"厌胜之术"
那么多的桃花,那么眩,那么烂
那么多的谎言,那么真,那么实

气温回升,雨水增多,还寒乍暖
佯装一下吧
我从来不知热知冷,不知疼知痛
不知仁知义,不知孝知敬
襟袍宽大,我只要一点真实和善良

7. 惊蛰·鸧鹒鸣

黄鹂映色,鸣而应节
小萍出嫁,我挺着个大肚子
远远躲着

婚床是万万不可让我坐的
伴娘是万万不可让我当的
血红雪白,俗世的生活
忽远忽近,忽真忽假

8. 惊蛰·鹰化为鸠

鹁鸪，鹁鸪……早种苞谷，莫误农时
巢寄生鸟，这孤傲而残忍的家伙
你分明不是人，不是人嘛

布谷鸟的传说有很多种
望帝春心托杜鹃，只是真相的
其中一种

9. 春分·玄鸟至

和老丑做伴的，除了八哥崖上的八哥
还有一头老黄牛
老丑老丑，蓬头垢脑，我吃蝼蛄，你吃草
老丑老丑，放牛无能，不如嫁人

十七岁，老丑被拐卖到山东，嫁给一个聋子
那一年，八哥啄光了牛背上的虻、蝇、壁虱

还有树上的乌桕籽、悬钩子

10. 春分·雷乃发声

三月打雷麦堆堆,十月打雷人堆堆
春雷乍响,惊醒万物
它想要埋了人的那一抔黄土
破壳发芽,麦浪滚滚

白瞎子的丧宴上,孝子孝女、亲戚街坊
猜拳换盏。眼角的那滴眼泪
显然多余

11. 春分·始电

光速,每秒钟30万公里
声速,每秒钟340米
好事不出门,坏事传千里

一把年纪谈爱,从来都是大面积的谣言

真相将以不可知的速度大白于天下

12. 清明·桐始华

入土化蛹,"吊死鬼"从梧桐树爬到土里
那些镂空的骨骼,是被蚕食后剩下的虚空

吐丝成囊,负囊而生
那个骨瘦如柴的老人,找了一生
只拾得一副
空囊袋

13. 清明·田鼠化为䴖

介子推的故事读过多少遍了
餐桌上有酒有肉,我不吃也不喝

多长出的一截骨头,刺棱棱地伸向天空
发慌,发痒,发疼,发疯

14. 清明·虹始见

清明，去扫墓，坟头草茂密
隐于其虹，只笑不哭

山下的街市
有人卖肉，有人喝酒，
有人吵架，有人惺惺相惜
更多的人，猫哭老鼠

15. 谷雨·萍始生

用一条舌头爱另一条舌头
用一个胸脯拍打另一个胸脯
用一颗眼泪稀释另一颗眼泪
用一颗心弄疼另一颗心

参差荇菜，左右流之
我把浮萍一样的身体

安落在床上

16. 谷雨·鸣鸠拂其羽

她坐在一场春雨里梳头
断齿的木梳
撩起风,也撩起她
海藻一样的长发

她的腹腔里响着一声鸠鸣
鼓腹而歌。敲响一些疼
总是必然

17. 谷雨·戴胜降于桑

暮春,你边弹边唱
上下滑动的喉结,有话要说
一人得神,两人得趣

哼哼唰,哼哼唰……

我们说起屎鸪鸪的其他名称
戴胜、花蒲扇、山和尚、鸡冠鸟
我突然心中豁然,每个人都藏名匿姓
隐于桑田沧海

18. 立夏·蝼蝈鸣

太阳到达黄经45度
有人躲在果壳里写日记
第一篇写泥巴里刨食的小土狗
第二篇写手腕上的银镯子
第三篇写肚脐眼上
只有自己把玩过的一小颗黑痣

农人正在栽秧,过不了多少时日
就会扬花、抽穗、灌浆、结籽
一片金黄
果壳以外结出粮食

19. 立夏·蚯蚓出

你从口袋里掏出一颗酥心糖
剥开喂我。坐在门槛上
等蚯蚓从土里爬出来,那时我想
你口袋里的酥心糖不止一颗

称秤人一面打秤花,一面讲着吉利话
病灾缠身,日渐消瘦的那个人是我
光影移过门槛,此去经年
你应比往日宽阔无边

20. 立夏·王瓜生

夏日的风,将一本书吹开
连《圣经》都要歌咏
给我葡萄干增补我力
给我苹果畅快我心

吉他、手稿、《阿佛洛狄特：感官回忆录》
一个人说，天黄瓜被风吹大了
另一个人说，随它大吧

21. 小满·苦菜秀

我必须爬过那笔直的山坡
把身体交给一株苦菜，性寒、味苦
这就对了

夏天从来都不会颓丧
那个吹口哨的男孩回来了
那个提灯笼的男孩回来了
那个背吉他的男孩回来了
……

22. 小满·靡草死

捡拾路边的葶苈草，扎成一把笤帚
天空有乌云，就要下雨了

扫天上掉下来的水
应是挺有趣的游戏

绕过一株草茂盛的内部
敝帚自珍。我爱我薄薄的肩胛骨

23. 小满·麦秋至

本来有酒，你来便没了
早些时候还有肉，你来
便都卖完了

泡杯清茶，我们说会儿话
你看那些饱满的麦粒，素面朝天

24. 芒种·螳螂生

模仿螳螂，假设脑袋上长出一对复眼
戴面具的那个人，是我吗？
是吗？

世界折射出多种可能

骄纵和悲伤棱角分明

碎花衬衫上一枚六角形的小纽扣

咄咄逼人

25. 芒种·䴗始鸣

你将捕获的蜥蜴钉在荆棘上撕食

这个夏天,我不会再去拨弄一只鸟漂亮的羽毛

连影子也要放置于暗处

天空蓝不蓝,伯劳鸟都要飞

我学会了缓慢、放下、无心无肺

两手空空

26. 芒种·反舌无声

反舌有声,佞人在侧

即便浑身是舌,我仍然不可能

成为一只反舌鸟

说谎，一条舌头足够
谈爱，一条舌头足够

27. 夏至·鹿角解

睡前，照一照镜子
晨起，照一照镜子
自己或旁人的面孔
开始猜不透

某个深夜，我照见了
后脑勺上的一根白发，这不是奇迹
一些蜕变，像一只苹果
即便坏，也要从心
开始

28. 夏至·蜩始鸣

晨跑的时候,捡到一只蝉
我以为我可以画出它的声音

何必从土里钻出来,何必羽化为蝉
何必聒噪。这委身于大地的小妖精
何必画

29. 夏至·半夏生

误食一株半夏
微麻、呕吐、头晕、目眩

后来,这个一肚子坏水的女人
百毒不侵

30. 小暑·温风至

如果你带着脂粉、书籍以及一阵风来
我就描眉、染唇、涂脂、抹粉
必要时，弯下腰，撩起裙摆的一角

你会从背后抱紧我，这是必须的
月光哗啦啦淌了一地

31. 小暑·蟋蟀居壁

一岁时，奶过我的女人叫二毛
小镇上的人都说，她有夹汗味
我在她的胳肢窝下，新鲜若一钩新月

十八年后，蟋蟀一夜一夜地叫
我听见我凸凸凹凹的身体
叮叮当当，五味杂陈

32. 小暑·鹰始挚

一只鹰用翅膀,替我算卦
季节以外的吊诡,让我迷上了
喊魂

夏季,月白风清,有人去盗墓
尸骨已寒,找不到心肝

33. 大暑·腐草为萤

萤火虫出没的那个夜晚,有人喝醉了酒
趁着酒劲,他把大女儿许配给一个憨包

凤凰于飞,麒麟在此
春满人间,福满堂
那些一跳一跳的鬼火
满山浪荡

34. 大暑·土润溽暑

交给我泥土、湿润和温度
交给我生儿育女的责任
继续交给我任性、自由和尊崇
我就和你一起老去

在掉光牙齿之前
我会藏匿好齿缝间
一再压低的那声叹息

35. 立秋·凉风至

整整一个夏天，都没找到合适的时机辩白
风搬来半卷经书，天凉好个秋

诵经吧
有时赞美，有时宽宥，有时忏悔
有时小和尚念经，有口无心

36. 立秋·白露降

我要成为她的隐喻
每天,她从小镇的南门
走到北门
背上,倒挂着一个孩子
头朝地,脚朝天

她的名字叫疯金莲
多少个秋天,都不见白色的露水
太多的人患上了咳喘。我无药可救
爱上了一个疯子

37. 立秋·寒蝉鸣

带着一声鸣叫,你来了
献出最美的谎言,秋天又矮下去一截

唤我归去,唤我归去

你爱,我是我的
你不爱,我还是我的

38. 处暑·鹰乃祭鸟

能陈列出来的,必然光鲜
祭天拜地,别来无恙,一切安好
今日大吉

醉过之后,温暖,敬而远之
那些精挑细选的祭品,终将
束之高阁

39. 处暑·天地始肃

这一年,我种花
只为剖析一朵花枯萎的过程
秋后问斩的事,不止一件

我的眼眶太深太深,可以装下很多沙子

泪水是遇到秋天后捡到的一粒燕麦籽

40. 处暑·禾乃登

掼谷子的季节,正碰到有人躲老猫
高高的草谷堆,谁都不愿被找到
老猫老猫来得啰,老猫老猫来得啰

用藏匿的方式,试图让尘世
宽阔无边,遍地金黄

41. 白露·鸿雁来

看到老祖在堂窝里打草鞋,奶奶掉头就跑
速度,不是风给的
唤醒体内的卑微,灵魂出窍

故乡很远。白刺花根泡酒
是一味药。每晚临睡前,喝一小口
灵魂在北,肉身在南

42. 白露·玄鸟归

一直走，如果碰到抬滑竿的轿夫
千万别打探一块铁的下落

三更天，促膝抱月，和一只鸟对话
有人唤我巫小玄。几十万字的手稿
如果剃度，人世间的经书，可否多出一本

43. 白露·群鸟养羞

我把食物和秘密，藏进义学山的树洞
食物，足够过冬了。秘密，足够让月光
散落一地

这数不清的颗粒，比如谷子
麦子、荞子、豆子
当然，还有混杂其中的稗子
它们是秘密中的一种

44. 秋分·雷始收声

一声惊雷,猝不及防炸开
雷不收声,诸侯淫佚。你来,我说
听涛吧。月照缁衣,与子同袍

半夜,起风了。你说,风真好
真的很好。真是一个良夜
真是呢

45. 秋分·蛰虫坯户

搬动泥巴的人,搬不动一只小虫
裂缝是会哭的。我怎么能放了心
冬眠

路过一个小摊摊,《诗经》,以斤论卖
倒也无妨,称上几斤,堵住
那些新鲜的漏洞

46. 寒露·鸿雁来宾

小睡之后,你笼一盆炭火
我不会对你说,刚刚梦到了什么

狩猎者,射中一只鸟
熟悉的面孔,面目全非
敲冰煮茶,不去管受不受伤的事

47. 寒露·雀入大水为蛤

你脱下外衣,给我披上
有一种冷,是你认为我冷

清洗办公楼的民工,移动到 15 楼
有一种冷,是一个群体的事
与你我
无关

48. 寒露·菊有黄花

我问你要去向何方
你指着大海的方向

噢,脸庞。噢,赞美
噢,花房姑娘
并没有话要对你讲

49. 霜降·豺乃祭兽

杀气方萌,六根弦的距离
势如破竹
我坐在你的对面,偷偷录音

豺祭兽,走者形大而杀气乃盛
我的肉身,温情脉脉

50. 霜降·草木黄落

一觉醒来,我的头发又白了几根
大棚里,反季节的瓜果
比古老的月光还嫩

如果揭示一些真相,或者
水瘦草枯。大地仍旧圣洁

51. 霜降·蛰虫咸俯

我曾经妩媚孤傲
曾经学一只猫,整夜叫唤
羞愧是可供未来炫耀的谈资

今天霜降,闭合七窍
嘴唇里艾叶一样地清香

52. 立冬·水始冰

一束光,横切。我担心
刚刚建立而成的冷,随之瘫软
淹没裙裾、铁轨、旧病、花布鞋

我多想牵一匹马
踩遍村庄、河流、田埂、马厩
遇到邻家纳鞋垫的阿婆,就尾着她
去找那个在凉月下织围巾的小姑娘
我怕她拿木针的手指头
织出一块新疾

53. 立冬·地始冻

所谓幸福,除了恋爱,就是不恋爱
比如生死,要么地上,要么地下

蓝药水或红药水

摩擦微妙舒适的癣痒
最好换一种姿态
冰是睡着了的水

54. 小雪·虹藏不见

我只是指了一下天边那道彩虹
就咬恶指。毒,与生俱来

这一夜,饮酒数盅
那些秘而不宣的往事,说漏了嘴
十个手指,赛着咬恶指

55. 小雪·天气上升

一个远房亲戚死了,正赶上殡葬改革
笑者低声,哭者捂嘴

为土葬准备的棺木
埋入月光,算是应了节气

56. 小雪·闭塞而成冬

他坐在堂屋里嗑瓜子,瓜子壳堆了一下巴
1978 年那场野火,活活烧死了媳妇和大囡
一个奶着最小的娃,一个刚刚谈婚论嫁

后半辈子,他画圆,一次比一次圆
该是藏冬的时候了

57. 大雪·鹖鴠不鸣

有人给我送来一袭红袍
有人给我送来一坛陈年老酒
送来一卷经书的人,尘缘未了

我怎么能够忘记
鹖鴠,五色,冬无毛,赤裸

58. 大雪·虎始交

1984年,大雪,堆第一个雪人
父亲的手掌轻轻一碰,一些爱
就坦然地蹚过了小半生

后来,一些不安的温度,让第二个雪人
一点一点变薄,一点一点羞涩难当
一声老虎的咆哮,被摁落在雪地上

59. 大雪·荔挺出

我只想,采一束马蔺草,编一顶草帽
如果开花,一定要任性,耐盐碱,耐践踏
如果入药,一定要清热、止血、解毒

你预言,我会一直重,一直
你说,等我们都老了,就一起喝那坛酒
我把脚伸进酒的深处,渴望长出

蔺草一样的芽

60. 冬至·蚯蚓结

那些新鲜的恋情,被扶桑一再染指
绿白相间的 T 恤挂在晾衣绳上
有些地方脏着,有些地方干净着

雪地,大洞小窟
蚯蚓蠕动,屈曲而结

61. 冬至·麋角解

麋,野兽,又唤"四不象"
头似马,身似驴,蹄似牛,角似鹿

你说,麋角不解,兵甲不藏
我则想,薄冰之下
必藏温暖,一捅即破

62. 冬至·水泉动

地底最深处挖出水
涌动。养生送死,泉下有知
老祖,你手中的麦穗可否转世托生

老祖,抱我在瓦沟上再晒一回太阳
你为老姑奶哭丧的时候,我练习号叫

63. 小寒·雁北乡

阴极阳生
奶奶,蜡梅花开了一树
遮蔽生死的,不是你如此硬的命
唯有这迁徙,可留不可停

我:吴莲芬
时曰:
运曰:

命曰：
唉！我一生人的过程一言难尽

64. 小寒·鹊始巢

鹊喜阳气，叫声一窝
雪，白得像是假的
雪地里，喜鹊筑巢
巢是真的，叫声是真的
喳喳喳喳喳喳喳喳喳

我是没有内容的

白茫茫一片大地
真干净

65. 小寒·雉始鸲

红枣、桂圆、核桃、红豆、花生
腊八粥熬好了。几万人的布施

众生渺小。这嗔痴
理应,无妄无垢

青天白日
我和一晃而过的雉鸡斤斤计较

66. 大寒·鹫鸟厉疾

南方有鸟,名曰秃鹫
裸岩上产卵两枚,雌雄同孵
嗜睡数日,我开始厌食、恶心、懒言
万物,秋波频频,朱胎暗结

我掏出小腹仅剩的一滴汁液
试着临摹一对鹫鸟捕食的速度

67. 大寒·水泽腹坚

寒至极处,熬一碗红糖水喝下去
从今天起,做一个血糖趋于常态的女子

无喜无悲,无爱无恨,无争无辩,无净无垢
……

挂霜的草芽,埋入冻土
掸尘祭灶。一切依稀可辨

2015 年 1 月 28 日——2 月 25 日

稻草人

1

有人脱下一件深蓝色的外套,给稻草人穿上
有一种冷,是有人认为稻草人冷

八月,大雨一场接一场下
稻草人,浑身湿透了
有一种冷,心知肚明

可以任性,可以撒娇,可以顽皮
可以半推半就,可以脱掉稻草人身上的外套
可以讲一个故事

很久很久以前,聋子听见哑巴说瞎子看见
有人,在三月,真的脱过一件外套

2

那个披黑袍的稻草人,在风中,使出吃奶的力气
摇了一下手臂,还是没够到她
人间的一些事
连下蛊,连巫术,也无能为力

如果稻草人有体温,这个暮色四合的傍晚,她会
乖乖地,投怀送抱。如果要她心神不宁
喊走她的魂,也是,可以的

3

稻草人急急地,扒下农人,刚刚给它穿上的衣裙
它要暮色,覆盖它。它要人间,大白于天下

它爱,这四野的暮色,这越来越重的覆盖
像一根草覆盖另一根草。像白,覆盖白
换句话说,像雪,覆盖谎言

4

不远处的寺庙，在诵经
神创造天地，并从云中降下雨水
而借雨水生产各种果实，作为你们的给养

从七月到九月，稻草人站在谷棵里，寸步难移
一日三遍的诵经声，让它心慌。这凡尘的俗念
没有人，可以和它分享

那么多的人，抬着头往前奔走，他们的眼睛
不敢看自己。他们的心，是空的

5

农人制造它的时候，把它的发际线推得
高了些。衰老，不需要陈述。一个稻草人
只把生命，给了夏天，就老于须臾

这座城市的中轴线,独一无二
开车在"城市中轴线"上跑过的市民,赞不绝口
有谁,会去探究一个稻草人的前世今生

它低下头,将身子藏进金黄的谷穗。瞬间的生命
被城市的中轴线,一下抬高,一下放低
没有人知道,它一直爱着
人间的,高高低低

6

穿过谷棵,它向村庄望去。鸟雀归巢
牛羊回棚,谷粒归仓。月亮升到城隍庙的
庙顶,就停止了

一缕青烟,在人间,飘来飘去。它不知道
夏天过后,一个稻草人,可以去哪里

7

它看见一个农妇,提着一瓶农药,拧开
瓶盖,喝了一口。她渐渐矮下去的身子
一点一点变凉。旧鬼看着新鬼哭
鬼节这天,村里村外
都在烧纸

烧尽的纸,变成一堆灰。起初,是烫的
随后,流水带走灰烬,连同那点仅存的
温度

8

那块石头一直揣在它的身上。它抚摸它
圆润、光滑、性感、大小适中,刚好可以
一把,握在手心

它爱它。它曾拼命地抚摸它,它试图

给它温度。它始终没有提及，它只是一个
稻草人。它的身子，也是冷的

9

动不了，就不要动。农人，给它穿上的衣衫
足够鲜艳。做一个冷的女人。大多的色彩
是诱惑，是勾引，是挑逗，是撩拨，是眼花缭乱

那只小谷雀，那么顽皮。它跳上来，又跳下去
它啄它的嘴唇、它的眼睛、它的眉毛。它还大着胆子
啄了一下它的心

它的心，长满了草。人间，男女那点事
牢不过一根草。喘息一上来，就断了

10

那个七岁的小儿子，去稻田里，捉谷花鱼
脚下一滑，掉到深水里，再没有起来

这之后,它怕水,怕谷花鱼在它脚下
游来游去。那些卑微的事物,一再被收留,被怜惜

那个失去小儿子的母亲,怀孕了
愿尘世,善待她即将来到人间的孩子
无论是小儿子,还是小姑娘

11

它说,它要为这片稻香
多谈几回恋爱。这样说的时候
一个农人,扛着一把锄头,经过它
经过稻田

农人轻咳一声。她回头,才发现
它要说话的人,已经被它丢下很远。这之前
有人贪心得把整片稻田都给挥霍了一遍。甚至把
稻草人身上的体温,也给取走了

12

深秋,《稻草人手记》,完稿了
收割完谷子的田野,露出,深深浅浅的脚印

荒草里,藏着一窝雀蛋。在我的乡下,稻草人
又名误雀人

它一直都明白,那些偷吃谷粒的
小谷雀,不过是,肚子饿了,需要找点吃的

2015年5月9日

时辰记

子时，老鼠上跳下蹿
这期间，我们说到那个一直想输的赌徒
你说，他见他，就是为了输给他
我和你，不论输赢，得于相见

丑时，牛在这时候吃完草，准备耕田
天空布满星子，路两旁的刺玫瑰正准备开
风很好，真的很好
你的影子走着走着，风，会让你撞撞另一个

寅时，老虎凶猛，低吼，咆哮
风推开我脚趾间的沙子，不埋我
从脚趾、脚踝、腿肚包、膝盖头，再往上……
裙裾已湿。冷呵，真的很冷

卯时，玉兔走丢在了天上
主说：我清除他们胸中的怨恨
他们将成为弟兄，在高榻上相对而坐
《古兰经》抄到第几遍了，只有憨包才会数来数去
你，一直站在那里。不辨对错，不计多少

辰时,群龙行雨。背转身,我想逃
随手撑开一把伞,风卷走了它
台上台下的人,都竖直耳朵
等着喊自己的名字
我一张口,不喊名字,只喊风

巳时,一条蛇隐蔽在草丛中
别慌,别慌啊。我不过是游戏的承办者
一张嘴在说什么,一堆骗人的鬼话
一把柳叶刀,捅伤一个女人
这才是关键

午时,太阳猛烈。出现一匹马
阴阳相持,万物平衡
你走了。离开时说,等你回来
风的天平,轻重自平

未时,羊在这段时间吃草
列一道算式,让一个心中装满贪念的人解答

神说：如果你获得胜利，他们就觉得难过
神又说：如果你遭到失败，他们就说
我们事先早已提防
你说，逆风而去，不争不辩

申时，猴子喜欢在这时候啼叫
我一下从会场跑出，一下又跑进会场
此时，如果你就站在会场外的走廊上喊我
我定拂袖而去，和一群乌鸦诀别

酉时，鸡开始归巢
在人性和神性之间，有人离神性很近
有人离人性很近
将恶俗的谎言，从肉身剥离
用你的巫术，给一些人喊喊魂、驱驱魔

戌时，狗开始守门
有人口渴，他们吃了太多的脏东西，边吃边吐
杀死狗，他们跑了出去，四处散布谣言
我不敢拨通你的电话，怕一张口，连我们都脏了

亥时，夜深时分，猪正在熟睡
我以为一场风花雪月的事，结束了
我以为一场明争暗斗的游戏，也分胜负了
子时重来。多少悲欢离合，多少尔虞我诈
这边谢幕，那边登场

2014 年 6 月 16 日

后 记

云南多山。梁王山，滇中第一高峰。

闲时，访山问水，自得野趣。

生活在抚仙湖畔，去得最多的，自然是梁王山。

己亥初夏，因工作使然，遵嘱，写下《梁王山碑记》。

梁王山，滇中名峰，古曰罗藏山。高可 2820 米。其巅，蜿蜒百余里，巉岩陡峭，山峦起伏，群峰耸峙，支脉绵延，雾霭萦绕。越澄江，俯呈贡，探滇海，揽三水为一环，拥碧蓝入胸襟，紫微在上，星汉灿烂，诚无上宝地也！

公元 1253 年，蒙哥汗命太弟忽必烈，万里袭滇，以皇孙甘麻剌为梁王，移镇云南。为元王政，赐封梁王，迨其末造，梁王王滇把匝剌瓦尔密，仰其雄武奇峻、地险林密、易守难攻，乃驻山立砦其上，扎营驻屯，习武练兵，修寺建亭，安家落户。公元 1381 年，明军入滇，两军鏖战，梁王兵败，率众举家，携妻儿老少投滇。

梁王山北麓，其地宏阔辽远、气相恢宏、四野饶食。清晚期建老君殿，坐北面南，龙虎之势。

山巅之上，草场绵延，松榛杜鹃，珍禽灵草，尽掖其间。据传,埋九库金、九库银。猎猎山风,苍苍海浪,尽在无语之语焉?

天地苍茫,乾坤明朗。人于其间,不唯追远!

自此,更喜梁王山了。

站在梁王山顶,仰头,白云朵朵。云朵下,山下的人间,熙来攘往。天地苍茫,乾坤明朗。人于其间,不唯追远!于是,山水间,一边行走,一边记录。

云下或风中,湖畔或寺院,草木或雪地,高铁或飞机……行走和书写,是必须,也是必然。大多的诗歌,记录于手机备忘录。偶尔,也会拾起山林中一片阔大的树叶,写在上面。会议记录本上,也会记下突然而至的某句话。旅途、跑步、晨起、睡前、吃饭、过红绿灯、等一个人之时……就一一记录,或喜或嗔,或大或小,或深或浅,或爱或痴……有些句子,彼此独立,互不相连。有趣的是,倘若把它们置于某个情境中,它们便发出光来,成为一首诗。更有一些诗句,是和朋友们聊天时,某个人随口说出的一句大白话。他们张口说出的时候,并不代表可以成为一句诗。当把它们写进某个场景或故事,便成为另一种新的欢喜。

收录于此书的诗,最早的一首写于2008年10月1日,最新的两首，则写于 2023 年春天。时间跨度十五年。这十五年间，写了的不只收录于此书的诗，剩下的那些，它们是另外一个"山水"，是另外一种存在的方式。

十五年来，工作之余，便在山水田野中行走，爬梁王山、帽天山、伏虎山、尖山、麒麟山、孤山、磨豆山、大黑山、金莲山、木官山……或者骑一辆单车，由东至西，或由西至东，环抚仙湖。若时间允许，也会去看梁王山以外的山水草木。哀牢山、磨盘山、西山、秀山……这些诗，在行走的山水草木间，最终，成为我纸上的山河，以及行走其间的亲人。

云朵下，山野趣事，尽在草木中。人间万物，山水中所遇到的那些人，所发生的那些事，成为给予我灵魂的养分。或者说，成为我记录场景和故事的秘密武器。这纸上的山河，虽然没有大江大河般的波澜壮阔，但我尽可能地做到眷顾行走于山水间的苍生万物。我愿意在云朵下，草木间，和他们一样，慢慢成为群山之中一个欢喜单纯的人。

2016 年，在梁王山，我捡到一块鹅卵石。梁王山老君殿附近，可以捡到很多这样的鹅卵石。可以想象，亿万年前，那里曾经是一条河，河水奔涌，水流湍急。在梁王山，可以看云，还可以看云朵下的一条河流。那些鹅卵石，就是一条河流存在的证据。我把那块鹅卵石,放在书柜里。鹅卵石青蓝的底色上,有玉石一样瓷白的纹路。那些瓷白的纹路,勾勒出的图案,是梁王山中的一朵云。云朵下,有飞鸟虫鱼、灵药花草、树木庄稼、牛羊马匹、山寺人家。一山观四海,放眼处,抚仙湖、星云湖、滇池、阳宗海,尽收眼底。云朵下,还有一个美人。美人瘦,腰又细了。梁王山的云朵下,我看到的是人间。芸芸众生,他们是我的亲人、爱人、陌路人,还有稻草人。

始终相信,山水中存在着神灵。梁王山的鹅卵石,抚仙湖畔的小石头,羊岔街南溪老林的酸多依、野核桃,它们都是神灵存在的方式。山水间,遇到他们,是我的福分。

人在山水间,走着走着,就成为一个小黑点。只是为了给人间,让出一个空间。就像石块,为河流让出一条道。

从梁王山东北麓往下,就是阳宗镇,它是我的衣胞之地。阳宗镇的小屯村,千百年来,唱古老的关索戏。这古老的戏种,是傩戏的一种——军傩,专演蜀汉时期的故事。戴脸壳,耍大刀。拆开"傩"字,鸟在天上,鱼在水里,人在两者之间。至此,山水间的人和事,亦真亦幻、亦虚亦实。

雷平阳老师在给《梁王山看云》的序里这样写道:"一

如面前站着一个戏台子上下来的君子，一张花脸，大声告诉我们时间的秘密。"

此序，倘若写给我的散文集《月间事》，一样恰如其分。

这就是我所理解的人间的模样，也便是我诗歌的模样。

我把诗集分为"山中有白云""美人瘦""与亲书""草木间"四个小辑。

愿你有所欢喜，在这些诗中。

赵丽兰

2023 年 6 月 12 日

图书在版编目（CIP）数据

梁王山看云 / 赵丽兰著. -- 武汉：长江文艺出版社，2023.9
ISBN 978-7-5702-3223-9

Ⅰ. ①梁… Ⅱ. ①赵… Ⅲ. ①诗集－中国－当代 Ⅳ. ①I227

中国国家版本馆CIP数据核字（2023）第115169号

梁王山看云
LIANGWANGSHAN KAN YUN

责任编辑：胡 璇	责任校对：毛季慧
封面设计：源画设计	责任印制：邱 莉 王光兴

出版：长江出版传媒 长江文艺出版社
地址：武汉市雄楚大街268号　　邮编：430070
发行：长江文艺出版社
http://www.cjlap.com
印刷：湖北新华印务有限公司

开本：880毫米×1230毫米　1/32　印张：8.25
版次：2023年9月第1版　　2023年9月第1次印刷
行数：5320行

定价：58.00元

版权所有，盗版必究（举报电话：027—87679308　87679310）
（图书出现印装问题，本社负责调换）